DANIELA PETERSEN

TATORT OSTHESSEN

DANIELA PETERSEN

TATORT OSTHESSEN

SPEKTAKULÄRE KRIMINALFÄLLE IN DER REGION

parzellers
BUCHVERLAG

ISBN 978-3-7900-0568-4

Layout Umschlag und Inhalt: Peter Link
Fotos: Siehe Fotonachweis S. 164
Druck und Verarbeitung: Rindt-Druck, Fulda

Vorwort

Vom Teenager-Mord in den USA zu den spektakulärsten Kriminalfällen in Osthessen

Ein Teenager-Mord erschüttert 1999 die USA. Die 18-jährige Schülerin Hae Min Lee aus Baltimore verschwindet spurlos. Knapp vier Wochen später wird ihre Leiche, verscharrt in einem Park, entdeckt. Schnell gerät ihr Exfreund Adnan Syed unter Verdacht - und der zur Tatzeit erst 17-Jährige wird trotz vieler Fragezeichen zu „lebenslanger Haft plus 30 Jahre" verurteilt.

Der Fall gerät in Vergessenheit, bis er im Jahr 2014 durch den Podcast „Serial" USA-weit Aufmerksamkeit erlangt. Die detailreiche Recherche der Journalistin Sarah Koenig, die den Fall in einem anderen Licht erscheinen lässt als vom Gericht festgestellt, bewegt die Menschen im ganzen Land und darüber hinaus. Schließlich erreicht der Verurteilte auch aufgrund des öffentlichen Drucks die Wiederaufnahme des Falls.

Wenn der Exfreund des Opfers auch nach wie vor im Gefängnis sitzt, weil das Oberste US-Gericht Einspruch gegen einen neuen Prozess einlegte, so beginnt mit dem Podcast der Siegeszug eines Medien-Genres: „True Crime" - wahre Kriminalfälle, die in TV-Serien, Podcasts und Zeitungsserien nachgezeichnet und analysiert werden. Der Erfolg der neuen Formate auf allen Kanälen zeigt zweierlei: wie sehr uns menschliche Abgründe faszinieren und wie groß zugleich das Gerechtigkeitsbewusstsein vieler Menschen ist. In so manch ungeklärten Fall ist auf diese Weise nochmal Schwung gekommen.

Als die Redaktion der „Fuldaer Zeitung" Anfang des Jahres 2020 entschied, spektakuläre Kriminalfälle der Region aus den Archivschränken zu holen und neu zu erzählen, zog monatelang der muffige Geruch vergilbten Papiers durch die Büros. Autorin Daniela Petersen schleppte im Wochentakt alte Zeitungsbände aus dem Keller nach oben und begann mit aufwändigen Recherchen. Ihrer bewundernswerten Beharrlichkeit bei der Suche nach (Zeit-)Zeugen, ihrer journalistischen Neugier und akribischem Aktenstudium ist es zu verdanken, dass mancher Fall in den Archiven nun um neue Details ergänzt werden kann.

Angesichts oft grausiger Schilderungen, unfassbarer menschlicher Schicksale und zwangsläufiger emotionaler Belastung den richtigen Ton jenseits reißerisch-voyeuristischer Beschreibungen zu treffen, das war die Kunst bei der Umsetzung der Serie.

Viele der Fälle haben die Region monate-, manchmal sogar jahrelang in Atem gehalten - und tun es zum Teil noch immer, wie sich auch an zahlreichen Reaktionen nach Erscheinen der Serienteile in der „FZ" zeigte. Insofern wird mit den Fällen auch ein Stück Regionalgeschichte dokumentiert, ausgehend vom ersten Pogrom im finsteren Mittelalter bis zum Entführungsfall Würth vor wenigen Jahren, der sich im Schlitzland abgespielt hat und bis heute nicht gerichtsfest geklärt werden konnte. Angereichert wird die Zusammenstellung in diesem Buch, das die in der „FZ"-Serie dargestellten Fälle bündelt, durch Interviews mit renommierten Strafverteidigern und Gerichtsreportern sowie mit Angehörigen von Opfern.

Auch wenn beim Lesen sehr schnell deutlich wird, dass die Region Osthessen nun wahrlich keine Insel der Glückseligkeit ist und Gräueltaten, die man gerne weit weg in großen Metropolen verortet, auch hier vorkommen, so gibt es auch gute Nachrichten: Fast alle Morde der vergangenen Jahrzehnte konnten von den hiesigen Ermittlern aufgeklärt, die Täter ihrer gerechten Strafe zugeführt werden. Bei der Aufklärungsquote quer durch alle Delikte liegt die osthessische Polizei unter allen hessischen Polizeipräsidien an der Spitze. Und das ist dann nach dem Schauer, der einem bei mancher Geschichte auf den folgenden Seiten über den Rücken krabbelt, doch irgendwie wieder ganz beruhigend.

Bernd Loskant

Leiter des Nachrichten- und Themenressorts der „Fuldaer Zeitung"

Die Autorin

Daniela Petersen, Jahrgang 1984, arbeitet seit 2010 als Redakteurin bei der „Fuldaer Zeitung", zunächst in der Lokalredaktion. Dort berichtete sie oft über Verbrechen und war bei zahlreichen Gerichtsverhandlungen vor Ort. Anfang 2021 begann sie mit Recherchen zu einer mehrteiligen Serie über spektakuläre Kriminalfälle, die sich in der Region Osthessen abgespielt haben. Aus den Artikeln, die im Sommer und Herbst 2021 im überregionalen Teil der „Fuldaer Zeitung" erschienen, ist das vorliegende Buch entstanden.

Das Interesse der Autorin an Kriminalfällen zeigte sich schon während ihres Studiums an der Justus-Liebig-Universität Gießen. In ihrer Magisterarbeit befasste sie sich mit der Berichterstattung zu „Jack the Ripper" Ende des 19. Jahrhunderts. Sie studierte die Fächer Mittlere und Neuere Geschichte, Journalismus, Germanistik und Psychologie.

„Tatort Osthessen" soll vor allem an die Opfer der beschriebenen Verbrechen erinnern.

Der Dank der Autorin geht an alle, die für Interviews zur Verfügung standen.

Inhaltsverzeichnis

OFFENBACH

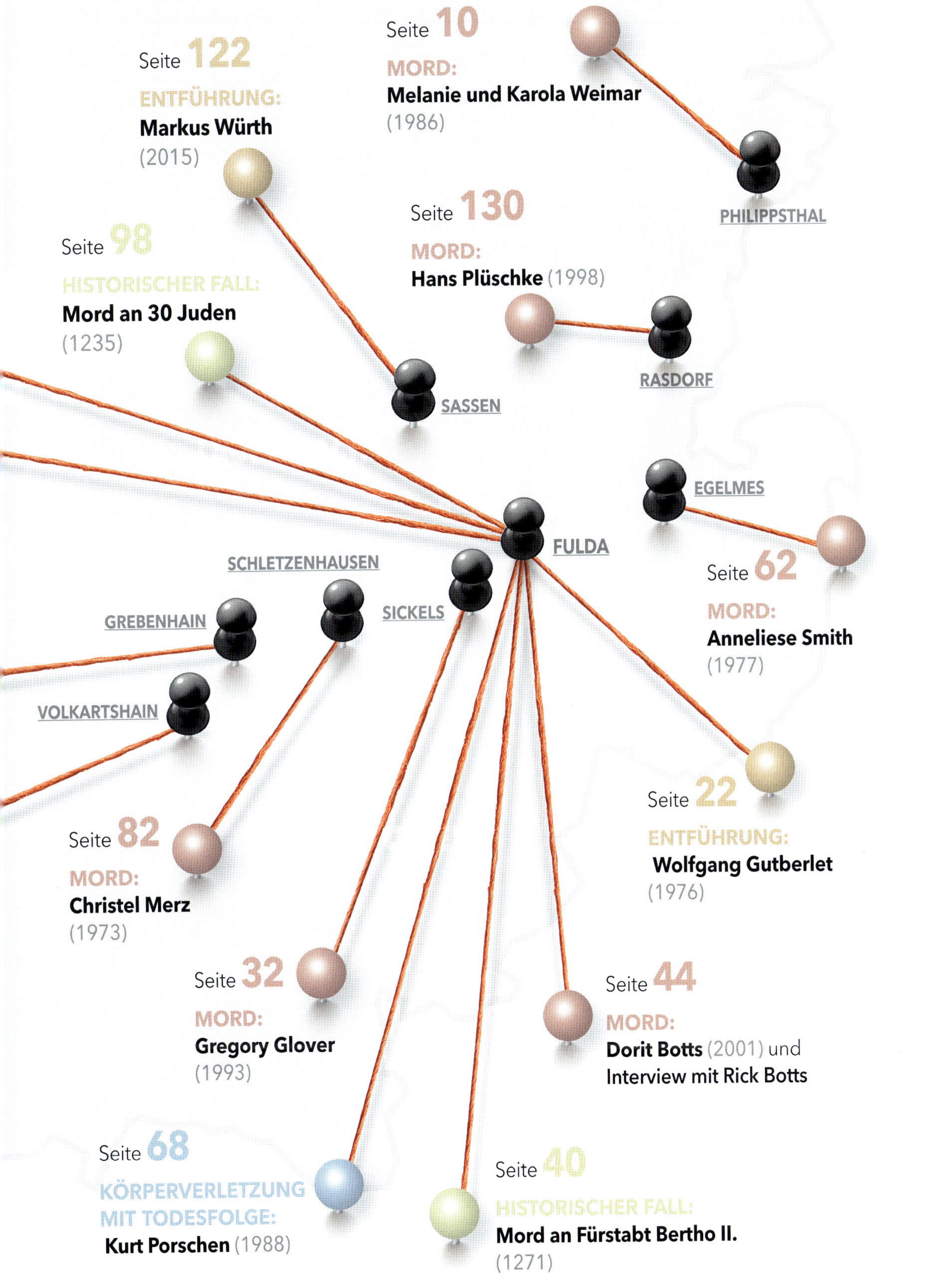

Seite 10
MORD:
Melanie und Karola Weimar
(1986)
Seite 122
ENTFÜHRUNG:
Markus Würth
(2015)
PHILIPPSTHAL
Seite 130
MORD:
Hans Plüschke (1998)
Seite 98
HISTORISCHER FALL:
Mord an 30 Juden
(1235)
RASDORF
SASSEN
EGELMES
FULDA
SCHLETZENHAUSEN
SICKELS
GREBENHAIN
Seite 62
MORD:
Anneliese Smith
(1977)
VOLKARTSHAIN
Seite 22
ENTFÜHRUNG:
Wolfgang Gutberlet
(1976)
Seite 82
MORD:
Christel Merz
(1973)
Seite 32
MORD:
Gregory Glover
(1993)
Seite 44
MORD:
Dorit Botts (2001) und
Interview mit Rick Botts
Seite 68
KÖRPERVERLETZUNG
MIT TODESFOLGE:
Kurt Porschen (1988)
Seite 40
HISTORISCHER FALL:
Mord an Fürstabt Bertho II.
(1271)

War sie es, oder war sie es nicht?

MORD

Melanie und Karola Weimar werden brutal ermordet. Verdächtigt wird die eigene Mutter.

Der Fall Monika Weimar bewegt 1986 ganz Deutschland. Es ist ein Justizkrimi. Letztlich wird die Mutter verurteilt. Bis heute bestreitet sie die Tat.

Der Fall Weimar ist ein Justizdrama, ein Ringen um die Wahrheit, ein Hype, der die Menschen in zwei Lager spaltet und an dessen Ende eine Frage steht: War sie es, oder war sie es nicht? Es ist einer der spektakulärsten Fälle der Nachkriegsgeschichte. Allem voran ist es eine Familientragödie, die am 4. August 1986 beginnt.

Für Melanie soll in wenigen Tagen ein neuer Lebensabschnitt losgehen: Das Mädchen mit den roten Haaren und dem schüchternen Lächeln ist sieben, und ihre Einschulung steht kurz bevor. Es sind die letzten Tage der Sommerferien, Anfang August 1986. Doch den ersten Schultag wird das Kind nicht erleben. Melanie und ihre fünf Jahre alte Schwester Karola werden ermordet – von der eigenen Mutter.

So jedenfalls sieht es das Gericht am Ende einer Reihe von Prozessen. Dreimal wird verhandelt: in Fulda, Gießen und Frankfurt. Die Prozesse enden mit einem Schuldspruch, einem Freispruch und einem erneuten Schuldspruch. Insgesamt wird das Justizdrama bis Ende 1999 dauern. Es sind Indizienprozesse, die sich mit Zeugenaussagen, Gutachten und einer Motivsuche beschäftigen; Prozesse, in denen durch diesen nüchternen Blick aufs Detail die beiden Opfer Melanie und Karola in den Hintergrund rücken. Vielmehr geht es dabei um sie – Monika Weimar, die Mutter der Mädchen, die Beschuldigte, die für diese Tat eine lebenslange Haftstrafe bekommt und 15 Jahre im Gefängnis sein wird.

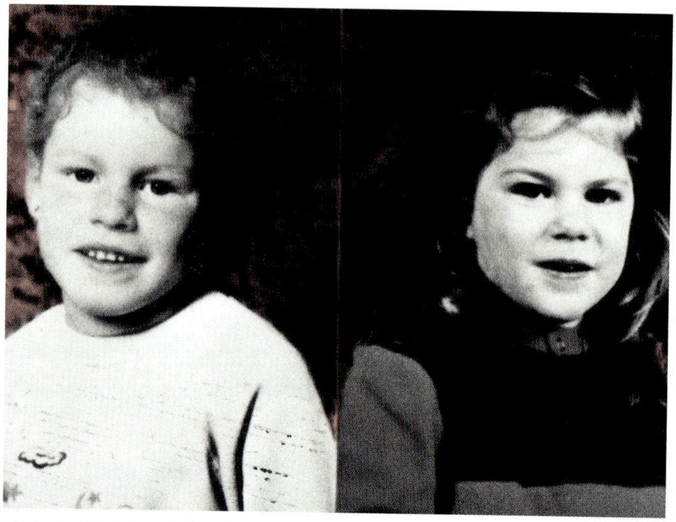

Melanie (links) und Karola

Chronik des Falls

4. August 1986

Melanie und Karola verschwinden

Der Fall beginnt mit einer Vermisstenanzeige. Es folgt eine große Suchaktion. Monika Weimar, damals 28 Jahre alt, erklärt, dass sie Melanie (7) und Karola (5) noch am Morgen auf dem Spielplatz gesehen hat, bevor sie zum Einkaufen fuhr.

7. August 1986

Die Geschwister werden gefunden

Ein Busfahrer entdeckt die Leiche von Melanie im Gebüsch eines Parkplatzes bei Wölfershausen. Wenig später wird Karola auf einem zweiten Parkplatz gefunden.

27. Oktober 1986

Monika Weimar kommt in U-Haft

Sie bestreitet die Tat und beschuldigt ihren Ehemann Reinhard Weimar.

Richter Peter Krisch ist einer der Berufsrichter, die am Landgericht Fulda Monika Weimar 1988 verurteilten. Das Buch, das sie schrieb, hat er gelesen.

Gabriele Kühlewind war als Kriminalbeamtin in Bad Hersfeld an den Ermittlungen beteiligt.

Gabriele Kühlewind ist 1986 Ermittlerin im Kommissariat für Gewaltdelikte bei der Kripo Bad Hersfeld, 27 Jahre alt, die einzige Frau in der Abteilung. Schon früh wird sie in den Fall „Weimar" eingebunden, verteilt Flugblätter, als die Kinder noch als vermisst gelten, vernimmt die Eltern Monika und Reinhard Weimar. „Sie war ein eher ruhigerer Typ, wirkte distanziert, aber nicht unsympathisch", erinnert sich Kühlewind. Sie ist vor Ort, nachdem die Kinder tot aufgefunden werden. Es ist der 7. August 1986, der Tag, an dem Melanie eingeschult werden sollte. „Zuerst fand man das ältere Mädchen bei einem Parkplatz zwischen Herfagrund und Wölfershausen. Ein Busfahrer, der etwas erhöht saß, entdeckte das Kind", sagt Kühlewind. Eineinhalb Stunden später wird auch Karola gefunden, ebenfalls in der Nähe eines Parkplatzes, etwa drei Kilometer entfernt. Melanie wurde erstickt, Karola erwürgt. Das wird die Obduktion später ergeben. Als Gabriele Kühlewind bei Familie Weimar ist, um die Nachricht vom Tod der Kinder zu überbringen, gibt es viele Tränen. „Es war dramatisch. Bei allen", sagt sie. Die Familie lebt zu der Zeit im Ortsteil Röhrigshof bei Philippsthal, mehrere Generationen unter einem Dach. „Es waren ganz normale Verhältnisse, in denen Melanie und Karola aufwuchsen. Die Wohnung, das war alles ordentlich." Fotos zeigen das: Die Räume wirken aufgeräumt. Die Wand ist mit einer Blümchentapete tapeziert - typisch 80er Jahre. Zwei Betten stehen im Raum, daneben zwei Schatullen auf dem Nachtkästchen - das Kin-

März 1987 bis Januar 1988

Prozess in Fulda

Vor dem Landgericht Fulda wird Monika Weimar zu einer lebenslangen Haft verurteilt. Vorsitzender Richter ist Klaus Bormuth. Die Anwälte Gerhard Strate und Johann Schwenn gehen in Revision. Diese Revision wird im Februar 1989 vom Bundesgerichtshof in Karlsruhe abgelehnt.

1992 bis 1995

Wiederaufnahme des Verfahrens

Weil neue Zeugen aufgetaucht seien und es ein neues Fasergutachten gebe, wird ein Wiederaufnahmeverfahren am Landgericht Gießen beantragt. Zunächst wird es abgelehnt, das OLG Frankfurt ordnet es 1995 aber an und hebt das Fuldaer Urteil auf. Weimar, die ihren Mädchennamen Böttcher angenommen hat, wird aus der Haft entlassen.

Juni 1996 bis April 1997

Prozess in Gießen

Der Prozess in Gießen endet mit einem Freispruch. Im September 1997 geht die Staatsanwaltschaft in Revision. 1997 erscheint auch das Buch „Ich war Monika Weimar", das Böttcher zusammen mit der Autorin Ruth-Esther Geiger geschrieben hat.

6. November 1998

Freispruch wird aufgehoben

Der BGH hebt den Freispruch des Gießener Landgerichts wieder auf und ordnet einen dritten Prozess vor dem Landgericht Frankfurt an, der am 2. September 1999 beginnt.

22. Dezember 1999

Erneuter Schuldspruch

Das Landgericht Frankfurt verurteilt Böttcher zu lebenslanger Haft. Die Revision wird im August 2000 abgelehnt.

August 2006

Haftentlassung nach 15 Jahren

Monika Böttcher wird nach 15 Jahren in Haft aus der JVA Preungesheim entlassen.

Am Anfang habe ich es nicht geglaubt. Eine Mutter, die ihre Kinder tötet, das war völlig unvorstellbar. Doch dann kam die Beweislage.

Gabriele Kühlewind, damalige Ermittlerin

Die Öffentlichkeit ging anfangs von einem Täter aus, der nicht aus dem Bekanntenkreis der Familie stammt.

derzimmer. Hier haben Melanie und Karola geschlafen, gespielt, auch mal gestritten. Ob die beiden hier zu Tode kamen? Das ist fraglich.

Drei Wochen später: Die Kinder wurden auf dem Friedhof in Röhrigshof beigesetzt. Pfarrer Jochen Weinrich beschrieb in der Predigt die Angst und das „lähmende Entsetzen", das sich nach dem Verbrechen über den Ort gelegt habe. Die Öffentlichkeit ging bis dahin von einem Täter aus, der nicht aus dem Bekanntenkreis der Familie stammt. Ende August kommt es zu einer unerwarteten Wendung: Monika Weimar wird als Verdächtige vernommen. Im Oktober muss sie in Untersuchungshaft. In Handschellen wird sie aus der Wohnung geführt. „Am Anfang habe ich es nicht geglaubt. Eine Mutter, die ihre Kinder tötet, das war völlig unvorstellbar. Doch dann kam die Beweislage", sagt Kühlewind.

Weimar hat sich mit anonymen Briefen, die sie selbst verfasste und in denen andere beschuldigt werden, die Kinder getötet zu haben sowie widersprüchlichen Aussagen verdächtig gemacht. Erst erklärt sie, dass sie am Tattag zum Einkaufen fuhr und die Kinder am Spielplatz waren, als sie das Haus verließ. Einige Wochen später - sie ist bereits selbst ins Fadenkreuz der Ermittler geraten - behauptet sie, dass es Ehemann Reinhard war, der die Kinder bereits nachts in der Wohnung ermordet habe. Als sie gegen 3 Uhr nach Hause kam, hätten Melanie und Karola schon tot im Bett gelegen. Diese Aussage wird als sogenannte Nachtversion beschrieben.

Bei Ortsbegehungen macht sich auch die Kammer ein Bild von den Fundorten.

Das Landgericht Fulda, das im Januar 1988 sein Urteil fällt, glaubt jedoch an die „Tagversion" und geht davon aus, dass die Kinder am Morgen des 4. August noch am Leben waren. „Wir hatten etwa 50 Indizien, die darauf schließen ließen, dass die Kinder erst am späten Vormittag getötet wurden. Sie sind morgens noch gesehen worden, und auch der Mageninhalt ließ auf ein Frühstück schließen", sagt Richter Peter Krisch, der als Beisitzender Richter am Prozess in Fulda beteiligt war. Das Urteil, das er mitentworfen hat, umfasst 153 Seiten.

Die Kinder wurden an zwei verschiedenen Stellen gefunden.

Als sie gegen 3 Uhr nach Hause kam, hätten Melanie und Karola schon tot im Bett gelegen. Diese Aussage wird als sogenannte Nachtversion beschrieben.

Wir hatten etwa 50 Indizien, die darauf schließen ließen, dass die Kinder erst am späten Vormittag getötet wurden.

Peter Krisch, Richter a.D.

Bis heute sei der Prozess um Monika Weimar, die wieder ihren Mädchennamen Böttcher angenommen hat, der bedeutendste in seiner Laufbahn, sagt Krisch. Er war 35 Jahre im Richteramt und bis 2010 Vorsitzender Richter am Landgericht Fulda. Das Interesse der Öffentlichkeit am Fall Weimar sei enorm gewesen. „Ich erinnere mich, wie das ZDF einen 15 Meter hohen Sendemast vor dem Fuldaer Stadtschloss aufbaute, wo damals noch die Prozesse stattfanden", erklärt Krisch.

Abends zur besten Sendezeit lief der Fall in den Nachrichten. In den vielen Beiträgen wurden sämtliche Details der bröckelnden Ehe von Monika und Reinhard der Öffentlichkeit beschrieben: dass sie eine Affäre mit einem US-Soldaten hatte und über Scheidung nachdachte und dass er ins Bordell ging. 2012 starb Reinhard Weimar an Herzversagen. Monika Böttcher wurde 2006 aus der Haft entlassen. Sie lebt in Deutschland und „geht ihrer Arbeit nach", wie ihr damaliger Anwalt Gerhard Strate erklärt. Mehr will er nicht verraten. Alle Anfragen von Medienschaffenden, die mit Böttcher sprechen möchten, lehnt er ab. Ein Motiv konnte nie ausgemacht werden. Indizienprozesse lassen oft ein großes Fragezeichen zurück. Melanie und Karola wären jetzt erwachsen und hätten vielleicht selbst Kinder.

Auch Monika Weimar (Mitte) ist bei den Ortsbegehungen dabei.

Von ihrer Unschuld überzeugt

Rechtsanwalt Gerhard Strate kämpfte elf Jahre um die Freiheit seiner Mandantin. Im Interview beschreibt er, wie er die Zeit erlebt hat.

Der Hamburger Rechtsanwalt Gerhard Strate kämpfte für Monika Böttcher. Bis heute hat er Kontakt zu ihr.

Dr. Gerhard Strate hat nach dem Urteil am Landgericht Fulda 1988 die Verteidigung von Monika Weimar, die zu dem Zeitpunkt wieder Böttcher hieß, übernommen. 1995 konnte er eine Wiederaufnahme des Verfahrens erwirken. Dieser zweite Prozess am Landgericht Gießen endete 1997 mit einem Freispruch. Allerdings wurde der Fall dann noch einmal 1999 in Frankfurt verhandelt, wo Böttcher letztlich zu einer lebenslangen Haftstrafe verurteilt wurde.

Herr Dr. Strate, juristisch ist der Fall abgeschlossen, wie sehr beschäftigt er Sie noch bis heute?
Er ist nicht glücklich abgeschlossen. Ich bin nach wie vor der Meinung, dass Frau Böttcher ihre Kinder nicht getötet hat und stehe mit dieser Überzeugung nicht alleine. Dafür habe ich auch gute Gründe.

Welche sind das?
Ich habe zu dem Thema in den Prozessen lange plädiert. Alle Gründe zu nennen, würde zu weit führen. Vielleicht so viel: Wir hatten die Aussage einer Nachbarin, die erklärte, die Kinder noch am Morgen gesehen zu haben, von Professor Max Steller, dem „Papst" der Aussagepsychologie in Deutschland, analysieren lassen. Er kam zu dem Ergebnis, dass es klare Hinweise auf eine Falschaussage gibt. In Frankfurt hatten wir beantragt, ihn zu hören. Das Gericht in Frankfurt hat das allerdings abgewiesen und ihn nicht geladen. So sind wir mit unseren guten Gründen nicht gehört worden.

Es gab klare Hinweise auf eine Falschaussage.

Gerhard Strate, Rechtsanwalt

In Frankfurt wurde Monika Böttcher Ende 1999 zu einer lebenslangen Haftstrafe verurteilt.
Wir haben natürlich auch damals gegen die Verurteilung sowohl Revision als auch eine Verfassungsbeschwerde eingelegt, das hatte

Zur Person

Der Hamburger Anwalt Dr. Gerhard Strate ist einer der profiliertesten Strafverteidiger der Republik. Er hatte schon viele prominente Mandanten: Volkswagen-Chef Ferdinand Piëch, Finanzunternehmer Carsten Maschmeyer und auch die AfD-Fraktionsvorsitzende Alice Weidel. Der Fall Weimar war einer seiner ersten großen Fälle. Nach der Verurteilung am Landgericht Fulda im Jahr 1988 konnte er eine Wiederaufnahme des Verfahrens erwirken, die letztlich sogar mit einem Freispruch am Landgericht Gießen endete. Strate hat zudem einen entfernten Bezug zur Region: Er wurde in Zella-Mehlis geboren.

aber keinen Erfolg. Wir haben uns letztlich damit abgefunden. Ein Wiederaufnahmeverfahren wurde dann nicht erneut angestrebt. Aber wir konnten erreichen, dass Frau Böttcher nach 15 Jahren aus der Haft entlassen wurde. Das ist eigentlich ungewöhnlich für einen solchen Fall, wo ein Elternteil zwei Kinder getötet haben soll.

Inwiefern?
In derartigen Fällen kommen die Verurteilten frühestens nach 22, 23 Jahren raus. Ich habe in dieser Entscheidung der Strafvollstreckungskammer den Nachhall eines schlechten Gewissens gehört. Weil man möglicherweise doch nicht gänzlich ausschließen wollte, dass Frau Böttcher gar nicht ihre Kinder getötet hat.

Wie ordnen Sie den Fall für sich persönlich heute ein?
Für mich ist es biografisch gesehen ein ganz wichtiger, wenn nicht sogar der wichtigste Fall. Aber es gibt einige sehr wichtige Fälle. Und die Menschen, mit denen ich zu tun habe, nehme ich alle sehr ernst. Allerdings war Monika Böttcher auch insoweit etwas Besonderes, weil sie ein starker Charakter war, so habe ich sie jedenfalls empfunden. Und deshalb war ich auch mit vollem Engagement und voller Sympathie bei der Verteidigung. Sympathie dem Mandanten gegenüber macht einen natürlich manchmal auch blind. Aber ich glaube, in dem Falle hat sie es verdient, und es hat mich nicht blind gemacht.

Wie wirkte sie auf Sie? Einige beschreiben sie als kühl, eine Person, die nicht zu Gefühlsausbrüchen neigt.
Das kann ich nicht bestätigen. Ich erinnere mich noch an den

Diese Polizistin ist auf vielen Fotos zu sehen, sie hat Weimar zu den Prozessen begleitet.

Das Kinderzimmer der Mädchen.

Tag, den 24. April 1997. Es war die Verhandlung vor dem Landgericht Gießen, der Tag des Freispruchs. Beim Urteil hatte sie sich fest an mein Jackett geklammert und fing furchtbar an zu weinen. Da brach sie richtig in sich zusammen. Sie hatte sich zwar schnell wieder gefasst, aber da habe ich sie sehr gefühlsintensiv erlebt. Aber auch sonst war sie nicht unsensibel, ganz das Gegenteil. Wir haben eine sehr nette Korrespondenz geführt. Und sie konnte auch trotz allem, was ihr widerfahren ist, gelegentlich einen sehr guten Humor zeigen.

Wie geht es ihr heute?

Es war eine große Anspannung und Anstrengung für sie, diese 15 Jahre hinter sich zu bringen. Aber insgesamt glaube ich, dass sie das gut überstanden hat. Man merkt es ihr nicht an. Aber ich möchte nicht allzu viel plaudern über meine Mandantin. Man kann davon ausgehen, dass sie ein ganz normales Leben führt und auch ihrer Arbeit nachgeht und wirklich niemandem auffällt - und das ist ihr auch ganz recht so.

Haben Sie noch regelmäßig Kontakt zu ihr?

Ja, es ist ein regelmäßiger Kontakt - zumindest an den Geburtstagen.

Sind Sie nach wie vor so etwas wie ein Vertrauter für Frau Böttcher?

Ich denke, sie fühlt sich mir vertraut. Wir haben ja auch insgesamt elf Jahre zusammen gekämpft. Das kann man nicht vergessen.

Sympathie dem Mandanten gegenüber macht einen natürlich manchmal auch blind. Aber ich glaube, in dem Falle hat sie es verdient, und es hat mich nicht blind gemacht.

Gerhard Strate, Rechtsanwalt

Das ganze Ausmaß der Tat zeigt sich nach der Bergung der Leichen.

Vor allem nach dem ersten Urteil am Landgericht Fulda konnten Sie etwas bewirken, das in der Rechtsgeschichte eher selten ist: eine Wiederaufnahme des Verfahrens. Dieser zweite Prozess am Landgericht Gießen endete sogar mit einem Freispruch. Frau Böttcher lebte danach vier Jahre in Freiheit. Haben Sie damit gerechnet?

Wir haben schon gewusst, dass es Spitz auf Knopf steht und nicht sicher daran geglaubt. Als das Gericht diese Entscheidung verkündete, waren wir sehr erleichtert.

> Wir haben schon gewusst, dass es Spitz auf Knopf steht.
>
> Gerhard Strate, Rechtsanwalt

Das Urteil soll vor allem wegen zwei Schöffinnen so ausgefallen sein, die sich gegen einen Schuldspruch aussprachen. Es ist sogar von Jubel die Rede.

Auf der Richterbank hat niemand gejubelt. Ich habe auch gehört, dass sich die beiden Schöffinnen dazu bekannt haben, dass sie für nicht schuldig votiert haben. Es waren neben den zwei Schöffinnen noch drei Berufsrichter beteiligt. Jede Stimme ist gleich gewichtig. Für einen Schuldspruch braucht es eine Zwei-Drittel-Mehrheit. Das heißt, es hätten mindestens vier Personen Frau Böttcher für schuldig halten müssen.

Es spitzte sich - gerade in der Berichterstattung - auf eine Sache zu: Mann gegen Frau. Reinhard Weimar gegen Monika Weimar.

Ja, zum Teil war das so. Es gab auch innerhalb der Medien zwei Lager. Auf der einen Seite der „Spiegel", der für den Mann eintrat, auf der anderen Seite der „Stern", der sich massiv für den Freispruch von Frau Böttcher aussprach.

Der „Stern" hatte eine ganz spezielle Verbindung zu dem Fall. Die Zeitschrift beteiligte sich mit 50.000 DM an den Kosten der Wiederaufnahme. Das Geld wurde an Sie gezahlt.
Ich bin damals oft nach Frankfurt gereist, das war sehr kostenintensiv. Auch habe ich mindestens drei, vier Gutachten vergeben, die ich zunächst aus eigener Tasche bezahlt habe. Das musste finanziert werden.

Es kam zu einem Zivilprozess, weil der „Stern" sich um seine Exklusivrechte betrogen sah. Der Prozess endete damit, dass Frau Böttcher 120.000 DM an den „Stern" zahlen sollte.
Es gab im Zusammenhang mit der Freilassung einige Misslichkeiten. Das führte dazu, dass der „Stern" das erste Interview mit Frau Böttcher nicht bekam und die 50.000 DM, die an mich gezahlt wurden, zurückverlangte. Letztlich endete es so, dass der „Stern" eine Titelgeschichte bekam und auf die 120.000 DM verzichtete.

Sie sind überzeugt, Frau Böttcher ist unschuldig. Wieso kam es letztlich trotzdem zur Verurteilung?
Ich will es mal so sagen: Der Prozess hat darunter gelitten, dass es zu dieser Zuspitzung kam, entweder er oder sie. Es war fatal, dass wir eine Verteidigung führen mussten, bei der wir Beweise für eine Täterschaft von Reinhard Weimar einreichten. So gab es zum Beispiel eine Prostituierte, bei der er Andeutungen auf seine Täterschaft gemacht habe. Diese Zeugin wurde in Gießen gehört, in Frankfurt nicht.

Das Interesse der Öffentlichkeit an den Prozessen war riesig.

Die Frage nach dem Motiv ist völlig unklar. Sowohl bei Reinhard Weimar, der inzwischen verstorben ist, als auch bei Monika Böttcher.
Ja, über das Motiv gibt es keine Klarheit. Ein Motiv ist ein starkes Indiz für eine Täterschaft, wenn das fehlt, macht es das nicht unbedingt leichter.

Was bleibt am Ende dieses langen Justizdramas?
Es sind die Irrungen und Wirrungen des Lebens.

Das Foto wurde kurz nach der Entführung aufgenommen: Wolfgang Gutberlet (rechts) wird von einem Kriminalbeamten nach Hause gebracht.

Trotz Todesangst Ruhe bewahrt

In diese Kiste wurde Gutberlet eingesperrt.

Wolfgang Gutberlet über seine Entführung und die Lehren daraus.

1976 wird Wolfgang Gutberlet verschleppt und acht Tage lang an eine Heizung gefesselt. Der frühere Tegut-Chef sagt heute: „Wenn ich nicht immer darauf angesprochen werden würde, hätte ich es vergessen.“

Der frühere Tegut-Chef Wolfgang Gutberlet war 32, als er von drei Männern entführt und für acht Tage festgehalten wurde. Im Gespräch erinnert er sich an dieses Verbrechen und erklärt, was er daraus gelernt hat.

Wie hat die Tat Ihren Blick auf das Leben und auch auf Probleme verändert?

Man muss bedenken, das war 1976, das ist lange her. Natürlich gibt es da einen Einfluss, es gibt einen kurzfristigen, und es gibt einen längerfristigen Einfluss. Wir haben damals zum Beispiel kurzfristig für einige Tage das Haus verlassen, weil so viele Leute versucht haben, zu uns Kontakt aufzunehmen. Und wir haben gemerkt, dass es für unseren ältesten Sohn, der damals in Poppenhausen zur Volksschule ging, besser ist, wenn er in eine etwas größere Schulgemeinde kommt.

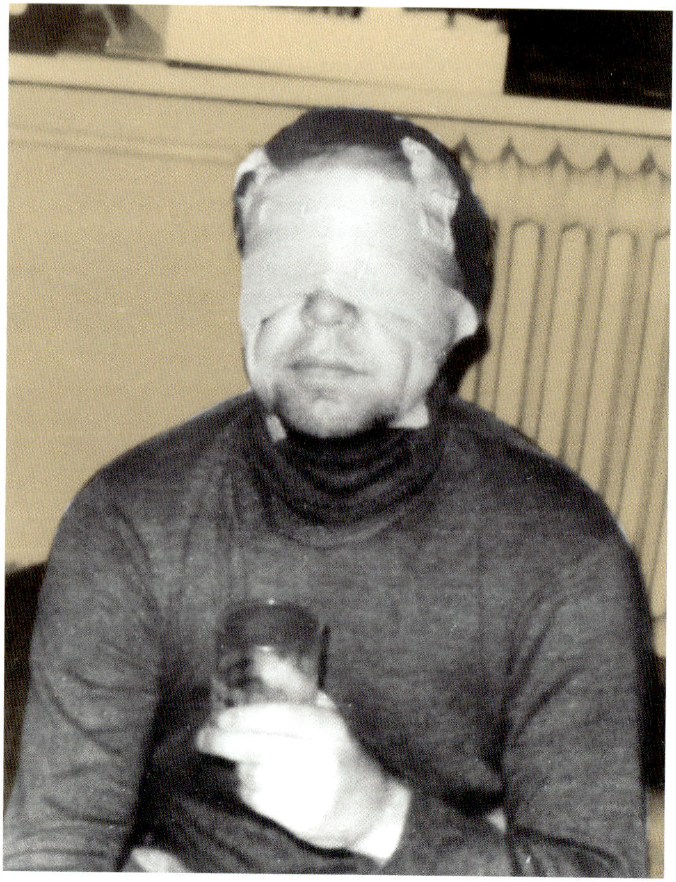

Das Foto haben die Entführer aufgenommen. Gutberlet musste das Glas halten, um zu beweisen, dass er am Leben ist.

Chronik des Falls

Spätsommer 1976

Es beginnt mit anonymen Anrufen

Vermehrt laufen anonyme Anrufe in der Firma Tegut bei Wolfgang Gutberlet auf. Die Anrufer erklären, dass im Lager nachts Ware verschoben wird. Für nähere Informationen wollen sich die Anrufer mit dem Firmenchef treffen. Zweimal verabredet sich Gutberlet mit ihnen. Beide Male ist er nicht allein, und die Anrufer tauchen nicht auf.

8. Oktober 1976

Die Entführung

Erneut wird Gutberlet angerufen und ein Treffen bei der Tankstelle an der Ecke Maberzeller Straße/Haimbacher Straße vereinbart. Als Begleitung nimmt der damals 32-jährige Unternehmer seinen Mitarbeiter Willibald Arnold mit, der in einem zweiten Auto etwas abseits wartet. Als Gutberlet aussteigt, kommen drei Personen mit Pistole, einem Knüppel und einem Sack auf ihn zu. Sie zerren ihn in einen VW-Bus und fahren weg. Arnold bekommt davon zunächst nichts mit, weil die Scheiben seines Autos beschlagen sind.

Hinter diesem Balkonfenster wurde Wolfgang Gutberlet festgehalten. Die Wohnung hatte einer der Täter seit einem Jahr gemietet.

Warum das?
Wir hatten den Eindruck, dass die Menschen diese Ereignisse so überbewerten, dass er danach eigentlich nicht mehr ganz normal zur Schule gehen konnte. Ich glaube, nicht ich habe mich anders verhalten, sondern die Menschen um uns herum haben das getan.

Wie machte sich das bemerkbar?
Einige hatten den Eindruck, da ist jemandem etwas weggenommen worden, das er wiederbekommen hat. Das könnten sie ja jetzt kriegen.

Sie sprechen die vielen Bittbriefe an, die nach der Entführung bei Ihnen eingegangen sind. Viele drückten darin ihr Mitgefühl aus, um im nächsten Satz nach finanzieller Unterstützung zu fragen. Glauben Sie, so plump würde das heute noch geschrieben werden?
Es ist heute noch schlimmer.

Was war denn der längerfristige Einfluss?
Es gibt vielleicht Situationen, in denen man vorsichtiger ist, als man sonst gewesen wäre. Aber durch die Tat hat sich mein Leben nicht verändert. Ich habe so weiter gearbeitet wie vorher auch. Es kommen im Leben so viele Einflüsse zusammen, das kann man gar nicht so separieren. Und eigentlich geht es auch viel mehr um die Fragen: Was ziehe ich daraus für Konsequenzen? Was lerne ich daraus?

Die Fahrt zur Wohnung

Während der Fahrt wird Gutberlet gefesselt und in eine Holzkiste gesperrt. Die Augen werden verbunden. Nach einer Weile wird die Kiste ausgeladen, mit einem Aufzug geht es zu einer Wohnung. Mit vorgehaltener Pistole muss Gutberlet seine Familie anrufen und sagen, dass er entführt worden ist. Die Täter wollen zwei Millionen DM Lösegeld. Gutberlet wird mit einem Glas in der Hand fotografiert, um so zu beweisen, dass er am Leben ist. In der Wohnung wird er mit Hand- und Fußfesseln an eine Heizung gekettet.

13. Oktober 1976

Die Belegschaft wird informiert

Die Tegut-Belegschaft wird erst am 13. Oktober informiert. Theo Gutberlet hat alle um seinen Schreibtisch versammelt und bittet jeden Einzelnen, Stillschweigen zu bewahren. Auch die Presse unterlässt es, davon zu berichten, um das Opfer nicht zu gefährden.

16. Oktober 1976

Die Übergabe des Lösegelds

Ingeborg Gutberlet, die damalige Ehefrau von Wolfgang Gutberlet, hat die Polizei sofort nach der Entführung eingeschaltet. Das ahnen die Entführer jedoch nicht. Durch Fangschaltungen finden die Beamten heraus, von wo die Telefonate getätigt werden – sie kommen aus dem Frankfurter Raum. Auf dem Rasthof Wetterau an der A5 kommt es am 16. Oktober 1976 zur Lösegeld-Übergabe. Ingeborg Gutberlet lässt dazu ihr Auto mit offenen Türen stehen und geht davon. Als sie wiederkommt, ist das Geld weg.

Die Freilassung

Nach acht Tagen wird Wolfgang Gutberlet kurz nach der Übergabe des Lösegelds freigelassen. Die Entführer setzen ihn wieder in den VW-Bus und lassen ihn in Frankfurt-Nied raus.

17. Oktober 1976

Heimreise und Ermittlungshilfe

Die Entführer geben Gutberlet zwar etwas Geld in die Hand, das reicht jedoch nicht für eine Bahnfahrt nach Fulda. Er lässt sich mit einem Taxi zum Frankfurter Hauptbahnhof fahren. Dort ruft er zuhause an. In der Bahnhofswache wartet er auf die Bundespolizei. Als diese kommt, beschreibt er ihnen sehr genau, was er in der Wohnung, wo er festgehalten wurde, beobachtet hat. So konnte er in einem unbeobachteten Moment kurz aus dem Fenster sehen und sich Schilder und Hausfassaden einprägen. Auch die Geräusche einer Bahnlinie sind ein Hinweis auf den Ort, eine Wohnung in Frankfurt-Oberrad.

Die Festnahme

Mit den Hinweisen entdeckt die Polizei schließlich den VW-Bus der Entführer. In der Nähe des Wagens legen sich die Beamten auf die Lauer. Als eine Person damit wegfahren möchte, wird sie festgenommen. Es ist der Mann, der Gutberlet die ganze Zeit bewacht hat. Den beiden anderen Entführern kommt die Polizei über einen BMW auf die Spur, der bei der Lösegeld-Übergabe aufgefallen war. Das Auto wird vor einer Sex-Sauna im Raum Frankfurt entdeckt. Von der Freilassung bis zur Festnahme der drei Täter vergehen nur wenige Stunden. Das gesamte Lösegeld wird in der Wohnung eines Entführers gefunden.

Was war das in Ihrem Fall?

Dass es darauf ankommt, in einer solchen Situation die Ruhe zu bewahren. Und wenn man sie nicht hat, zu wissen, wie man sie wiederfindet.

Sie haben in einem Interview mit Ihrem Biografen Dr. Mathias Schmidt gesagt, dass Sie gebetet haben, als Sie bei der Entführung in eine Holzkiste gesperrt wurden. War das ein solcher Mechanismus, um die Ruhe zu bewahren?

Ja. Es ist ja eine Aufgabe im Leben, dass ich das denken kann, was ich will. Dass meine Emotionen nicht bestimmen, was ich denke oder was ich sage. In einer solchen extremen Situation wie damals, die sich ins Existenzielle verschärft, wo einem alle möglichen Konsequenzen durch den Kopf schießen, ist das besonders herausfordernd. Es ist nicht leicht, einen Gedanken in Ruhe zu verfolgen. Da kann es helfen, wenn man ein Mantra hat, mit dem man sein Denken wieder unter Kontrolle bekommt.

Kannten Sie diesen Mechanismus damals schon?

In dieser Situation probiert man einiges aus. Ich habe versucht, mir Gedichte vorzusprechen, habe aber gemerkt, dass das in dieser Situation zu schwer war und nicht gewirkt hat. Ich habe dann als Mantra etwas genommen, das ich schon hunderte Male gebetet habe: das „Gegrüßet seist du, Maria". Das durchzubeten, ohne dazwischen abgelenkt zu sein, ohne einen anderen Gedanken reinflutschen zu lassen, das war erstmal ein Stückchen Arbeit.

Wie lange haben Sie gebraucht?

Das weiß ich nicht mehr. Aber es half. Ich konnte danach wieder geordnet denken. Das habe ich in meinem Leben auch beibehalten. Ich habe immer viele Sprüche und Gedichte im Kopf. Für mich ist Christian Morgenstern eine wichtige Quelle mit seinen Gedichten und Versen - und natürlich auch Goethe.

In welchen Situationen wenden Sie Mantren an?

Immer dann, wenn etwas durcheinander geht. Das muss gar nicht in meinem Kopf sein, das kann auch im Kopf der anderen sein. Zum Beispiel bei Sitzungen, wenn ich den Eindruck habe, dass irgendwie ein weiterführender Gedanke fehlt und man in einer Schleife feststeckt. Ich gehe dann manchmal raus und spreche mir ein Mantra vor. Oft komme ich mit einer gewissen Auffrischung der Gedanken zurück.

Im Prozess wurden die drei Täter (hintere Reihe) zu Haftstrafen verurteilt.

Wie gehen Sie mit schwierigen Situationen um?
Ebenso. Fokussieren, Klarheit schaffen, die Probleme angehen und sich von den Emotionen nicht wegreißen lassen, einen klaren Kopf bewahren, vernünftig sein. Das sind eigentlich die wichtigen Dinge.

Sie sprechen sehr ruhig und bedacht. War das schon immer so? Oder waren Sie bei der Entführung auch impulsiv im Umgang mit den Tätern?
Nein, nein. Ich habe ganz selten in meinem Leben Leute angeschrien. Und dass ich ruhig geblieben bin, hatte durchaus auch eine Wirkung. Es hilft, wenn man sich klar macht, dass auch die Täter nicht gerade in einer komfortablen Situation sind. Man schaut, dass man irgendwie in ein Verhältnis miteinander kommt. Trotz der ungleichen Machtverhältnisse.

Welche Rolle spielte in dieser Situation die Angst?
Die Angst hilft einem, dass man keinen Unfug macht, dass man vorsichtig ist. Sie darf nur nicht zu schlimm werden, dann kann man nicht mehr denken. Es schießen einem ja die verschiedensten Gedanken durch den Kopf, Fluchtgedanken, Verhaltensmöglichkeiten, wie man seine Situation verbessern kann.

Und was bedeutet in dem Zusammenhang Hoffnung?
Hoffnung braucht man, damit man nicht aufgibt. Aber man darf mit der Hoffnung nicht arbeiten.

Januar 1977

Prozess und Urteil

Schon bei den ersten Vernehmungen gestehen die Kidnapper das Verbrechen. Die Täter sind ein damals 26-jähriger arbeitsloser Maler aus Offenbach sowie ein 34-jähriger Fußbodenleger und ein 37-jähriger Metzger aus dem Vogelsbergkreis. Alle drei sind verwandt. Der Metzger hat Schulden bei der Fleischwarenfabrik, die damals zu Gutberlets Unternehmen gehört. Er ist der Kopf der Gruppe und wird im Januar 1977 zu zehn Jahren Haft verurteilt. Die anderen beiden bekommen eine Strafe von neun und sieben Jahren Haft. Vorsitzender Richter ist Albert Horst. Die Anklage bringt Oberstaatsanwalt Fritz Reichwein vor.

> Das „Gegrüßet seist du, Maria" durchzubeten, ohne dazwischen abgelenkt zu sein, ohne einen anderen Gedanken reinflutschen zu lassen, das war erstmal ein Stückchen Arbeit.
>
> Wolfgang Gutberlet

Warum nicht?
Weil man dann wartet, dass sich schon etwas ändert. Man muss hoffen und handeln.

Sie wurden an einen Heizkörper gefesselt und in einer Frankfurter Wohnung festgehalten. Sie konnten nicht handeln.
Man kann in jedem Augenblick handeln. Es ist nur die Frage, woran man das Handeln ausrichtet. Man kann sich hinlegen und jammern, das ist auch ein Handeln. Man kann versuchen, mit Mitleid zu arbeiten, mit Ruhe und Beziehungsaufbau.

Hatten Sie eine Beziehung zu den Entführern?
Natürlich hatte ich eine Beziehung zu meinem Bewacher.

Sie sagen Bewacher, nicht Entführer.
Es waren ja drei, nur einer hat mich die ganze Zeit bewacht. Mit den anderen hatte ich nur bei der Entführung selbst und bei der Freilassung Kontakt. Da meine Augen verbunden waren, habe ich sie erst später im Gerichtssaal zum ersten Mal gesehen.

Dass die Entführer überhaupt festgenommen werden konnten, lag auch daran, dass Sie sich die Umgebung sehr genau eingeprägt haben.
Das hat geholfen, ja.

Hat die Mithilfe bei der Ermittlungsarbeit Ihnen geholfen, mit dem Erlebten fertig zu werden?
Das hat ein Polizeipsychologe nachher gesagt. Er fragte sich, warum ich das so gut verkraftet habe und ging davon aus, dass die Mithilfe bei der Aufklärung bei der Verarbeitung geholfen hat. Als ein Gefühl, die Sache wieder im Griff zu haben. Ich habe das allerdings nicht so empfunden.

Wie wichtig ist Vergebung für die Verarbeitung einer solchen Tat?
Es gibt drei Arten. Es gibt vergeben, vergessen und verzeihen. Vergeben ist mehr im physischen, also im materiellen Sinn gemeint. Es ist schon in dem Wort „geben" enthalten. Vergeben habe ich insofern – das kann ich sagen –, als ich für einen der Täter, der mich darauf angesprochen hat, einen Antrag auf Verringerung des Strafvollzugs gestellt habe.

Nach der Freilassung ist Wolfgang Gutberlet die Erleichterung anzusehen.

Diese Verringerung hat er bekommen. Danach hat er sich nicht mehr bei Ihnen gemeldet.
Ja, da gibt es auch ein Sprichwort: Undank ist der Welten Lohn. Das muss man auch einfach ganz nüchtern sehen. Das kann man dann verzeihen.

Wirklich?
Ja, das Verzeihen läuft auf der seelisch-geistigen Ebene ab. Es bedeutet, dass man den Menschen und sein Vorgehen versteht.

Aber wie können Sie einen Entführer verstehen, der Sie um etwas bittet und dann, wenn er es bekommen hat, nicht einmal Danke sagt?
Ich kann mir vorstellen, dass dieser Mensch in einer ganz anderen Lebenssituation war und dass für ihn andere Sachen in dem Moment wichtiger waren. Dass er jetzt einfach nur den Gedanken hatte, da rauszukommen.

Und was meinen Sie mit vergessen?
Das Vergessen, das ist im Sozialen, auf der Beziehungsebene.

Das Verzeihen läuft auf der seelisch-geistigen Ebene ab. Es bedeutet, dass man den Menschen und sein Vorgehen versteht.

Wolfgang Gutberlet

Mit diesem Volvo sind Ingeborg Gutberlet und ihre Schwester zur Lösegeldübergabe gefahren.

Menschen haben die Neigung, andere verändern zu wollen. Der Einzige, den man verändern kann, ist man selbst.

Wolfgang Gutberlet

Aber diese Tat haben Sie sicher nicht vergessen...
Wenn ich nicht dauernd darauf angesprochen würde, hätte ich das vergessen. Es kommt nur dann hoch, wenn ich darauf angesprochen werde. Es ist für mich aber auch kein emotionales Problem, mich daran zu erinnern.

Und haben Sie den Entführern verziehen?
Das ist eine schwierige Frage. Ich glaube schon, zumindest teilweise. Das ist kein Entweder-oder. Es ist ein weicher Bereich mit dem Verzeihen.

Sie haben erzählt, dass Sie gebetet haben. Welche Rolle spielt für Sie der Glaube?
Der Glaube prägt das Menschenbild. Und das Menschenbild ist entscheidend, wenn es darum geht, was ich kann und was ich nicht kann. Wenn ich ein Verhältnis zu den Menschen habe, das überwiegend von Misstrauen geprägt ist, dann werde ich mich anders verhalten als wenn ich ein Verhältnis zu Menschen habe, das sagt: erst einmal vertrauen.

Das dürfte schwierig sein, wenn einem etwas passiert ist wie Ihnen. Wie kann man da kein Misstrauen zu den Menschen entwickeln?
Ein Menschenbild, das von Vertrauen geprägt ist, muss man lernen, jeden Tag und bei jeder Kleinigkeit. In jeder Begegnung mit Menschen. Mit welchem Denken gehe ich an den anderen heran? Ich habe im Unternehmen immer gesagt: Es muss mir gelingen, die Menschen beim Gelingen zu erwischen, nicht beim Falschmachen. Das ist nicht so einfach, das Falsche ist immer konkret und drängt sich auf. Wissen Sie, Menschen haben

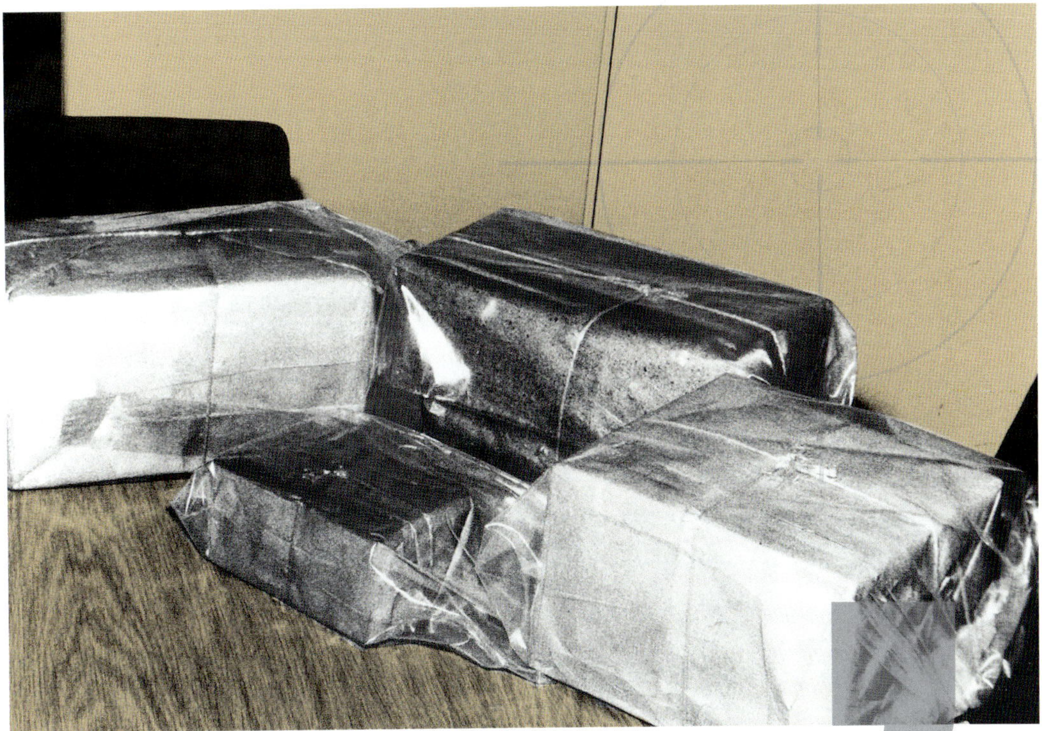

Das Lösegeld: Die zwei Millionen DM sollten in Pakete verpackt werden, das hatten die Entführer gefordert. Das Geld wurde später ungeöffnet in der Wohnung eines Täters aufgefunden.

die Neigung, andere verändern zu wollen. Der Einzige, den man verändern kann, ist man selbst. Es ist ein Problem unserer Zeit, dass wir ganz schnell ins Zwingen übergehen.

Haben Sie in der Zeit, in der Sie in der Gewalt der Entführer waren, etwas über sich gelernt?
Wovon hängt es ab, ob man etwas aus einer Erfahrung lernt? Es hängt davon ab, ob man in der Lage ist, sich von außen zu betrachten. Aus der Betroffenheit herauszugehen, die Situation aus einer anderen Perspektive zu betrachten. Und je mehr Perspektiven man betrachtet, umso mehr lernt man.

Hatten Sie Angst, dass die Entführer wiederkommen?
Ich glaube, die nicht, aber solche Ereignisse wird es immer wieder geben. Gefahrloser wird die Welt nicht. Wenn ich überlege, in wie vielen Situationen ich schon gesteckt habe, die völlig anders hätten ausgehen können, da kann man nur dankbar sein, dass man noch da ist.

Der Glaube prägt das Menschenbild. Und das Menschenbild ist entscheidend, wenn es darum geht, was ich kann und was ich nicht kann.

Wolfgang Gutberlet

Der Täter war 26, als er das Verbrechen beging.

Ein Albtraum wie im Horrorfilm

Der Tatort unmittelbar vor dem Eingang zur Kantine der Kaserne. Das Opfer stand an der Telefonzelle.

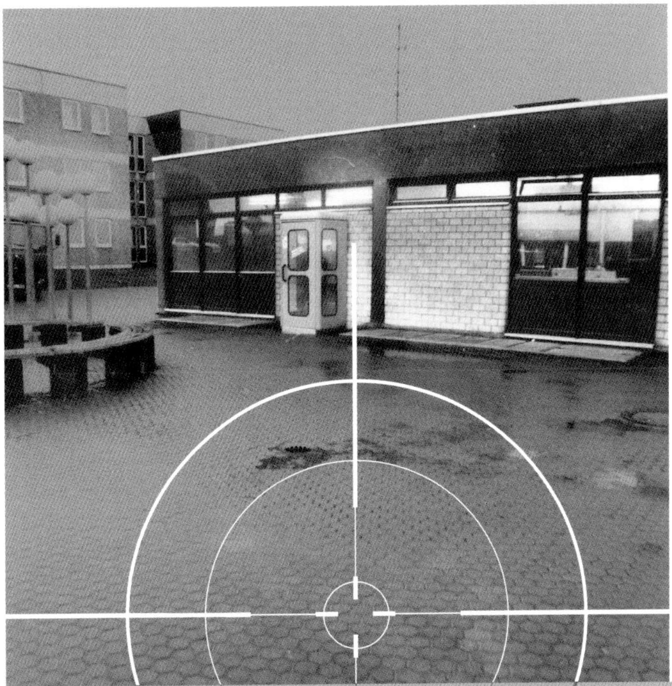

Gregory Glover ist das Opfer rasender Eifersucht.

Ein US-Soldat enthauptet 1993 seinen Nebenbuhler und bringt dessen Kopf seiner Frau ans Bett im Herz-Jesu-Krankenhaus in Fulda.

Chronik des Falls

Sommer 1992

Umzug nach Fulda

Stephen S. ist bei der U.S. Army und wird nach Fulda versetzt. Dort arbeitet er als Flugzeugmechaniker. Seine Frau Diane kommt mit ihm nach Deutschland. In der Ehe kriselt es. Am 24. November 1993 erklärt Diane, dass sie sich von ihm trennen möchte. Er fängt daraufhin an, ihr nachzuspionieren.

7. Dezember 1993 - Mittag

Stephen S. erfährt von Dianes Schwangerschaft

Diane geht ins Krankenhaus, weil sie Sorge hat, ihr ungeborenes Kind zu verlieren. Stephen S. besucht sie und erfährt von der Schwangerschaft. Er kann nicht der Vater sein, reagiert aber trotzdem besonnen und bietet an, ihr Kleidung vorbei zu bringen. Kurz nach 16 Uhr kommt er erneut - dieses Mal sichtlich aufgewühlt. Er will wissen, wer der Vater ist. Diane sagt es nicht, verrät aber den Dienstgrad - „Specialist".

Gewalt ist immer grausam. Aber das, was sich am 7. Dezember 1993 auf dem Gelände des Flugpatzes Sickels und danach im Fuldaer Herz-Jesu-Krankenhaus zugetragen hat, ist an Brutalität kaum zu überbieten. Der Fall hat die gesamte Region erschaudern lassen.

Zornig, impulsiv, rasend eifersüchtig - das sind Gefühle, die viele Menschen kennen. Doch mit rasender Eifersucht allein lässt sich nicht erklären, was Unteroffizier Stephen S. seinem Kollegen Gregory Glover - und auch seiner eigenen Frau Diana S. - angetan hat. Es ist ein Albtraum.

Am 7. Dezember 1993 spielen sich in Fulda Szenen ab, die einem Horrorfilm entnommen sein könnten: Am späten Nachmittag, gegen 17 Uhr, ist es bereits dunkel. Der 21-jährige Gregory Glover steht an einer Telefonzelle auf dem Airfield in Sickels und spricht mit Diane S. Sie ist die Ehefrau seines Freundes Stephen S. und seine Geliebte. Gerade hat er erfahren, dass sie im Krankenhaus liegt, als Stephen S. auf ihn zu stürmt. „Shit. Your husband." (Mist, dein Ehemann). Das sind die letzten Worte, die Diane von Gregory Glover hört. Das, was folgt, beobachten einige Augenzeugen, die sich in der Nähe der Telefonzelle in einer Kantine aufhalten: Wie ein Berserker sticht der 26-jährige S. 15-mal auf Glover ein und trennt ihm den Kopf ab. Ein Zeuge erinnert sich später vor Gericht, dass S. ein „paarmal gegen den Rumpf getreten habe, bis der Kopf zwei bis drei Meter weit flog". Eine Frau, die als Bedienung in der Kantine gearbeitet hat, erklärt: „Ich konnte nicht glauben, was ich da sah. Ich war wie versteinert."

Die Fuldaerin Renate Stieber war zu der Zeit Verbindungsoffizierin und machte die Pressearbeit: „Es war entsetzlich, eine unfassbare Tat. Ich hatte damals viele Presseanfragen, das lief in sämtlichen Zeitungen, natürlich auch in den USA", sagt Stieber. Auch später habe sie immer mal wieder daran gedacht, vor allem an die Szene im Krankenhaus.

Denn der Albtraum ist nach der Tat am Airfield noch nicht zu Ende: S. greift sich den Kopf, schreit: „This is what you get for adultery" (Das passiert mit Ehebrechern), setzt sich in sein Auto, entsorgt die Tatwaffe und fährt zum Herz-Jesu-Krankenhaus, wo seine Frau Diane liegt. Das gleichaltrige Paar hat sich im März 1989 in Baltimore kennengelernt. Noch im selben Jahr wurde geheiratet.

Das Opfer Gregory Glover wurde nur 21 Jahre alt. Er galt als guter Soldat und war bei den Kameraden beliebt.

Die Ehe ist für den gläubigen Katholiken Stephen S. heilig. Bei ihm soll es anders sein als bei seinen Eltern. Sie haben sich scheiden lassen, weil der Vater ein Verhältnis mit der Tante des 26- Jährigen angefangen hat. Auch Kinder möchte S. mit Diane haben. Doch als seine Frau drei Fehlgeburten erleidet, lässt er sich sterilisieren. Am Tattag erfährt er, dass sie schwanger ist - schnell weiß er auch, von wem. Es ist sein Kamerad und Freund Gregory Glover.

Den Kopf des Nebenbuhlers hat er inzwischen in einen Beutel gepackt. Makabrerweise prangt auf der Tasche in großen roten Lettern der Name des Sportartikelherstellers „Head" (Kopf). Später, beim Prozess gegen ihn, wird ihm der Staatsanwalt vorwerfen, diese Tasche sehr genau ausgewählt zu haben. Als er im Krankenzimmer ankommt, stellt er den Kopf auf den Nachttisch und schreit: „Schau. Glover ist hier. Jetzt kannst du die ganze Nacht mit ihm schlafen, falls du schlafen kannst."

7. Dezember 1993 - Nachmittag

Die Tat

Stephen S. findet heraus, dass Gregory Glover der Nebenbuhler ist, greift ihn mit einem Messer an und enthauptet ihn. Das alles spielt sich in der Nähe des Hubschrauberlandeplatzes in Sickels ab. Danach fährt Stephen S. mit dem Kopf ins Krankenhaus und stellt ihn neben das Bett seiner Frau.

1. April 1994

Prozess in Hanau

Nach der Tat lässt er sich festnehmen. Nur wenige Monate später kommt es zum Prozess vor dem Militärgericht in Hanau. Dort wird Stephen S. zu einer lebenslangen Haftstrafe verurteilt, die er in Fort Leavenforth in Kansas verbüßen soll. Im Juni 1994 wird das Urteil in 45 Jahre Haft umgewandelt.

4. Mai 2017

Stephen S. wird entlassen

Nach rund 23 Jahren in Haft wird Stephen S. auf Bewährung entlassen.

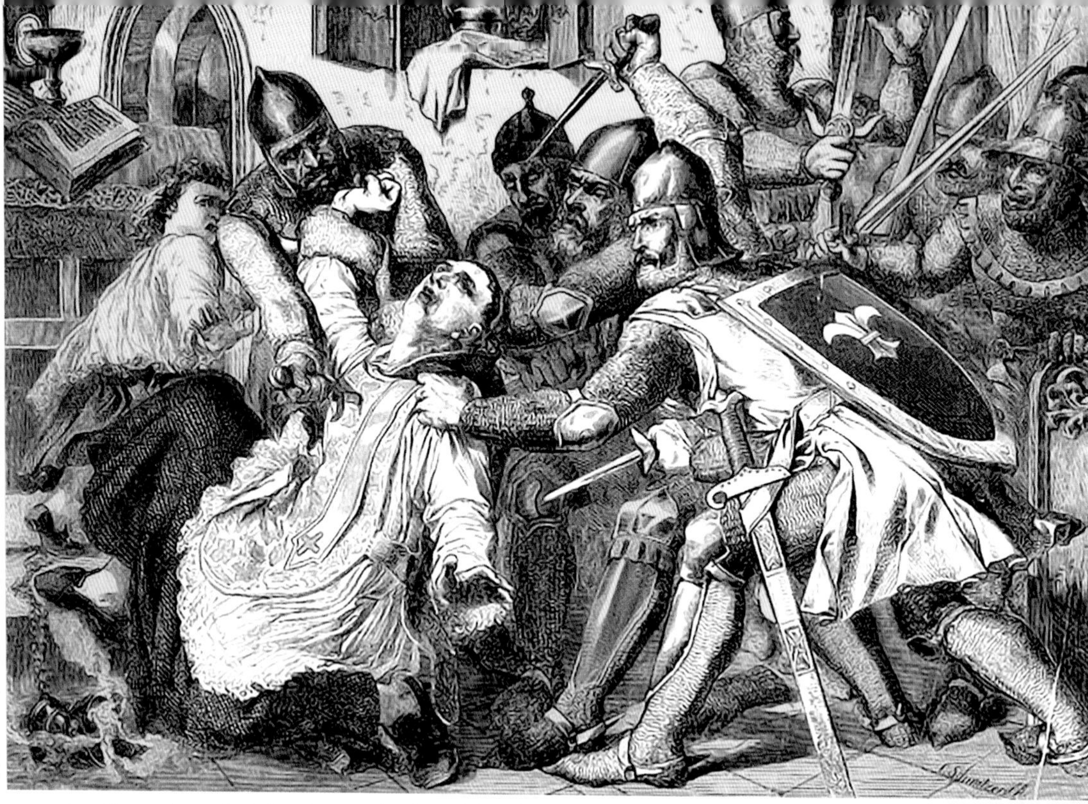

Die Ermordung des Fürstabts Bertho II. im Jahr 1271.

Grausame Vergangenheit

Die Ebersburg wurde 1270 von Bertho II. zerstört. Dabei geriet Ritter Hermann von Ebersberg in Gefangenschaft. Dass der Ritter hingerichtet wurde, war Auslöser für die Ermordung Berthos.

HISTORISCHER FALL

Ritter ermordeten 1271 den Fürst- abt von Fulda.

Der Mord an Bertho II. von Leibolz war ein symbolischer Akt: 26 Ritter sollen nacheinander zugestochen haben. Einer der Täter ist Giso von Steinau. Nach ihm ist heute ein Bürgerhaus benannt.

Chronik des Falls

1261

Bertho II. von Leibolz wird Fürstabt des Klosters Fulda

Nach dem Tod von Heinrich IV. von Erthal wird Bertho II. Fürstabt des Klosters Fulda. Wie sein Vorgänger bekämpft er konkurrierende Adelsgeschlechter.

1264

Bertho II. lässt die Burg Blankenwald erstürmen

Die Burg Blankenwald in der Nähe von Blankenau gilt als ein Nest der Gegner des Fürstabts. Diese Burg nimmt Bertho II. 1264 ein. Sie ist aber nur eine von mehreren Burgen, die er zerstört. Dazu gehören zum Beispiel auch Burg Wartenberg bei Angersbach, die Ebersburg und die Osterburg bei Bischofsheim.

Die Historie ist voll von blutrünstigen Geschichten. Die Ermordung von Bertho II. von Leibolz, der bis zu seinem Tod 1271 Fürstabt von Fulda war, ist eine davon.

Der 18. März 1271 markiert einen Höhepunkt der Auseinandersetzung zwischen Adel und Landesherr in Fulda. An diesem Tag wird Bertho II. von Leibolz, der zu dem Zeitpunkt Fürstabt von Fulda ist, ermordet. Und zwar von 26 Rittern, die sich zusammengeschlossen haben. Der Fürstabt ist gerade dabei, die Messe in der Kapelle der alten Abtsburg - wo heute die Domdechanei ist -, zu lesen, als die Angreifer ihre Schwerter ziehen. Jeder Täter soll einmal zugestochen haben. „Es war ein sehr symbolischer Akt, eine Blutrache, die die Ritter zuvor in der Burg der Herren von Steinau beschlossen haben", erklärt Fuldas Stadtarchivar Dr. Thomas Heiler.

Der Tat vorangegangen sind zahlreiche Kämpfe. Seit Jahren nimmt der Fürstabt Burgen in der Umgebung ein und versucht so, den Einfluss der Adeligen zu beschränken, die selbst Ambitionen haben, ihre Herrschaft zu vergrößern. Kurz vor der Ermordung des Fürstabts, der wegen seiner geringen Größe auch als „Abt Fingerhut" in die Geschichte einging, kommt es zu einem Wortbruch: Bertho II. erobert die Ebersburg, und Ritter Hermann von Ebersberg gerät in Gefangenschaft. Als ihm der Fürstabt zunächst freies Geleit gewährt, ihn dann aber öffentlich hinrichtet, beschwört Bertho II. den Zorn der Ritter herauf.

„Die Fehde war eine Form der rechtlichen Auseinandersetzung. Bertho hat einen klassischen Wortbruch begangen, die Ritter sahen ihr Tun als gerechte Gegenwehr an. In ihren Augen haben sie sich nicht strafbar gemacht", sagt Heiler. Im Mittelalter sei das Fehdewesen sehr ausgeprägt gewesen. „Die Ermordung von Bertho war kein klassischer Kriminalfall. Die Täter bewegten sich im Rahmen des damaligen Rechtsverständnisses, so grausam das heute anmutet", ergänzt der Experte.

Hinzu kommt, dass das Jahr 1271 in die Zeit des sogenannten Interregnums fällt. Von 1250 bis 1273 gibt es im Heiligen Römischen Reich keinen Herrscher, der für Ordnung sorgen kann. „Es war eine sehr unruhige Zeit. Das deutsche Königtum war als Ordnungsfaktor nicht vorhanden."

Stadtarchivar Thomas Heiler kennt Fuldas Geschichte.

Örtliche Gerichte gab es aber. „Diese Gerichtsbarkeit war wichtig für den kleinen Mann, der niemanden hatte, der für ihn sein Recht durchsetzte. Gefängnisstrafen, wie wir sie heute kennen, gab es aber nicht. Bei manchen Vergehen zahlte man eine Strafbuße oder musste eine Kirchenbuße verrichten, etwa eine Wallfahrt antreten. Es gab auch Todesstrafen, etwa bei schwerem Raub, Mord oder Brandstiftung", sagt der Leiter des Kulturamts Fulda.

Die sogenannte Hochgerichtsbarkeit habe meist bei den Landesherren - also auch bei Bertho II. - gelegen. „Als Fürstabt konnte er allerdings nicht persönlich richten. Das übernahmen in seinem Auftrag weltliche Grafen, zum Beispiel die Grafen von Ziegenhain."

Mit denen liegt Bertho allerdings auch im Clinch, weil sich Graf Gottfried V. von Ziegenhain zusammen mit den Herren von Wartenberg gegen den Fürstabt stellen. „Bertho II. ging offenbar keinem Streit aus dem Weg", fasst Heiler zusammen.

Beendet wird das Fehdewesen erst im späten Mittelalter. Auch die Ermordung von Bertho II. bleibt nicht unbeantwortet. Ein Dreivierteljahr später, an Weihnachten 1271, lässt der neue Fürstabt, Bertho III. von Mackenzell, die mutmaßlichen Mörder seines Vorgängers töten - auch dieses Mal ist der Schauplatz eine Kirche, die Kirche von Kirchhasel bei Hünfeld.

Einer der Adeligen, die Bertho am 18. März 1271 umbringen, ist Giso von Steinau. Das Bürgerhaus in Steinau ist nach diesem Ritter benannt. Doch er kommt dabei offenbar nicht ums Leben. 1298 taucht sein Namen in einer Urkunde auf. „Damals gab es offenbar eine Aussöhnung mit dem Abt von Fulda, das war zu der Zeit Heinrich V. von Weilnau. Giso von Steinau scheint nach dem Abtsmord 1271 nochmal davongekommen zu sein."

1266

Lauterbach erhält Stadtrechte

Im Mittelalter kommt es immer wieder zu Fehden um die fuldische Landesherrschaft. So versucht der Vogt Graf Berthold von Ziegenhain zusammen mit den Herren von Wartenberg, Fulda zu erobern. Bertho II. gelingt es aber, die Adligen zu besiegen. Um den Wartenbergern etwas entgegenzusetzen, verleiht er Lauterbach, das damals ein Dorf war, Stadtrechte und lässt eine Schutzmauer errichten.

1270

Ritter Hermann von Ebersberg wird hingerichtet

Ritter Hermann von Ebersberg gerät in Gefangenschaft. Bertho II. sagt ihm aber freies Geleit zu. Er bricht sein Wort und lässt den Ritter auf dem Fuldaer Marktplatz öffentlich hinrichten.

18. März 1271

Bertho II. wird ermordet

Der Fürstabt wird während der Messe in der Jakobskapelle der alten Abtsburg (in der Nähe der heutigen Domdechanei) von 26 Rittern ermordet. Jeder soll einmal zugestochen haben. Darunter ist der buchonische Ritter Giso von Steinau. Berthos Nachfolger, Bertho III. von Mackenzell, lässt die Mörder aufspüren und in der Nähe vom heutigen Hünfeld töten.

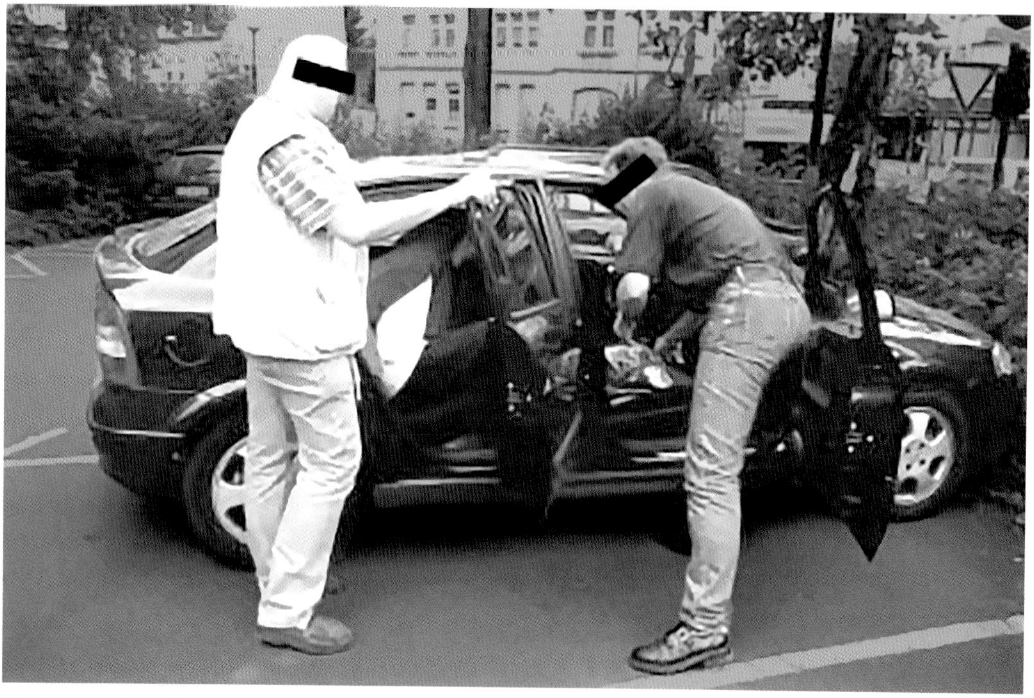

Nach seiner Vernehmung wird der Täter weggebracht.

Ein Mord und die Frage nach dem Motiv

Dorit Botts war im Fastnachtsverein Südend Fulda aktiv und 1989 Fürstin.

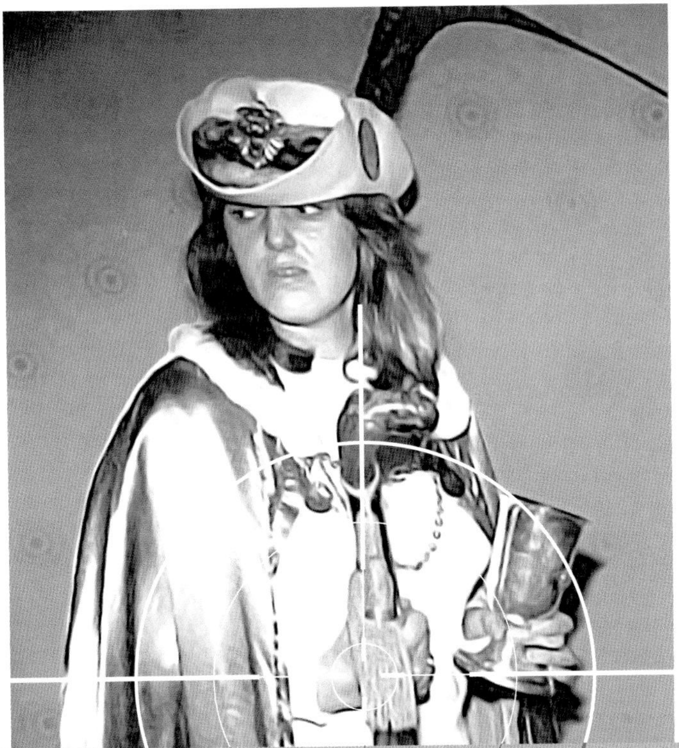

MORD

Dorit Botts wird 2001 in ihrem Laden erstochen. Sie ist ein scheinbar willkürliches Opfer.

Kurz bevor Dorit Botts ihren 54. Geburtstag feiern will, trifft sie auf ihren Mörder. Der Verlust schmerzt bis heute. Ihr Sohn Rick Botts ist überzeugt: „Es war ein Akt rechter Gewalt."

Der 17. August 2001 ist ihr 54. Geburtstag. Trotzdem hilft Dorit Botts an diesem Freitag im Military-Laden in Fulda aus, den ihre Familie betreibt. Ein zweiter Shop ist in Schlüchtern. Erst am Abend soll der Geburtstag mit Freunden und Verwandten ein wenig gefeiert werden. Doch Dorit Botts wird nie zuhause ankommen. Kurz vor Feierabend trifft sie auf ihren Mörder, einen jungen Mann aus Sömmerda in der Nähe von Erfurt.

Es ist kurz vor Feierabend, als eine Nachbarin den Mann im Geschäft sieht: „Ich bin in den Laden gegangen, weil ich die Besitzerin etwas fragen wollte, da habe ich ihn hinter dem Tresen gesehen. Er wimmelte mich ab und meinte, dass das Geschäft gleich schließt. Ich bin dann raus und zu meiner Wohnungstür gegangen. Ich hatte aber da schon so ein komisches Gefühl, sodass ich zurück bin", erinnert sich die Nachbarin. Im Treppenhaus läuft ihr der Mann noch einmal über den Weg: „Er sagte: ‚Was glotzt du so doof?' Ich antwortete: ‚Hast du dich mal angeguckt, wie du aussiehst?' Er war im ganzen Gesicht mit Blut verschmiert, das hatte ich vorher nicht gesehen, weil es im Laden sehr dunkel war." Völlig ruhig sei er dann um die Ecke gebogen. „Durch das Schaufenster konnte ich aber sehen, dass er danach wie der Teufel weggerannt ist. Da wusste ich, hier stimmt was nicht. Man hätte ihm diese Tat nie zugetraut. Das war so ein Bubi." Als die damals 27-Jährige dann in den Laden geht, trifft sie der Schock: Dorit Botts liegt blutüberströmt auf dem Boden. Es ist gegen 18.30 Uhr, als sie in der Kneipe nebenan die Polizei verständigt.

Bernd Klippstein, der kurz vorher zum Leiter des Kommissariats für Kapitaldelikte ernannt worden war, erinnert sich noch gut an den Einsatz: „Ich habe das Opfer noch vor Augen. Ihr wurde die Kehle durchgeschnitten. Es war ein erschreckend brutaler Mord. Wir sind von einem Raubmord ausgegangen, weil sie wohl auf einen Kunden warten wollte, der sich morgens Ware im Wert von rund 1000 DM ausgesucht hatte und diese später abholen wollte", sagt Klippstein.

Während die Beamten am Tatort sind, lässt sich der Täter in einer Tankstelle in der Petersberger Straße einen Schlüssel für die Toilette geben und wäscht sich. Seine blutverschmierte Kleidung tauscht er mit Sachen, die er aus dem Laden mitge-

Chronik des Falls

17. August 2001

Mord und Festnahme

Der damals 18-jährige Täter aus Thüringen fährt mit dem Zug nach Fulda. Gegen 18 Uhr geht er in den Military-Laden in der Florengasse und tötet Dorit Botts. Sie wehrt sich heftig, was die Abwehrverletzungen an den Händen zeigen. Eine Stunde nach der Tat wird der 18-Jährige festgenommen.

14. Februar 2002

Prozessauftakt in Erfurt

Weil der Beschuldigte aus der Nähe von Erfurt kommt, wird am Landgericht Erfurt verhandelt. Die Tat räumt er ein. Allerdings ist nicht klar, weshalb er sich gerade den Laden in Fulda für das Verbrechen aussuchte.

Hin und Her

Erst erklärt der Angeklagte, dass er das Geschäft zufällig ausgewählt habe, weil er Geld brauchte. Später spricht er davon, dass es ein Auftragsmord gewesen sei, um in die „Heidenfront" aufgenommen zu werden, eine rechtsextreme, neuheidnische Gruppierung. Er wird der rechten Szene zugeordnet: Aus der Haft heraus schreibt er einen Brief und äußert seine Genugtuung über den Anschlag auf die USA am 11. September 2001.

Polizisten und Zeugen vor dem Eckhaus in der Fuldaer Florengasse, in dem die Inhaberin eines Military-Shops getötet wurde.

nommen hat, hauptsächlich Shirts mit der Aufschrift „Lonsdale", einer Marke, die in rechten Kreisen beliebt ist. Doch bei seiner Flucht kommt er nicht weit: Die Nachbarin kann ihn haarklein beschreiben. Und schon eine Stunde nach der Tat nimmt die Polizei ihn im heutigen Ferdinand-Braun-Park fest. Dabei soll er das Verbrechen sofort zugegeben haben. Doch das Motiv bleibt unklar. In der Vernehmung erklärt er, dass er sich für eine Lehrstelle in einem Gersfelder Ort interessiert habe und mit dem Zug nach Gersfeld gefahren sei. Dort habe er keinen Anschluss zum Zielort bekommen und sei zurück nach Fulda. Gegen 18 Uhr sei er dann zufällig am Military-Laden vorbeigekommen. Als ihm im Laden ein Messer aus der Tasche fiel, sei er in Panik geraten und habe zugestochen.

Ein halbes Jahr später wird vor der Jugendkammer des Landgerichts Erfurt Anklage gegen den Mann erhoben. Darin ist die Rede von zwölf Messerstichen in Gesicht und Oberkörper, die der

21. März 2002

Das Urteil

Weil der Angeklagte laut Gutachten auf dem Entwicklungsstand eines 15-Jährigen sei, wird Jugendstrafrecht angewendet. Er wird zu neun Jahren und zwei Monaten verurteilt. Sein Verteidiger fordert sieben Jahre, der Staatsanwalt neuneinhalb, und die Nebenklage plädiert auf die im Jugendstrafrecht mögliche Höchststrafe von zehn Jahren.

Oktober 2004

Prozess gegen mutmaßlichen Anstifter

Ebenfalls in Erfurt steht der mutmaßliche Anstifter des Mordes vor Gericht - ein 23-Jähriger. Er bestreitet die Tat. Der wegen Mordes an Dorit Botts verurteilte Mann ist als Zeuge geladen und will zunächst nicht aussagen. Er nimmt sogar sechs Monate Beugehaft in Kauf, also dass er sechs Monate länger im Gefängnis bleiben muss. Letztlich sagt er aber aus.

23. Mai 2004

Freispruch im Folgeprozess

Obwohl der 23-Jährige von dem Jüngeren beschuldigt wird, ihn zu dem Mord angestiftet zu haben - es sei eine Art Mutprobe gewesen -, wird der Angeklagte freigesprochen: im Zweifel für den Angeklagten.

Täter dem Opfer zugefügt hat. Der Vorsitzende Richter Holger Pröbstel spricht von einem Verletzungsbild, das einen „unbedingten Vernichtungswillen" annehmen lasse. Doch der Angeklagte erklärt: „Ich wollte der Frau nichts tun." Er sei in Panik geraten.

Am dritten Prozesstag kommt es zur Wende: Der Beschuldigte, der der rechten Szene angehören soll, sagt, dass es ein Auftragsmord gewesen sei, ein Ritual, um in die sogenannte Heidenfront aufgenommen zu werden. Das Gericht geht letztlich auch von einem Auftragsmord aus und verurteilt ihn zu neun Jahren und zwei Monaten Haft.

Drei Jahre später kommt es erneut zum Prozess: Dieses Mal sitzt ein 23-Jähriger auf der Anklagebank, der den Mann aus Sömmerda angestiftet haben soll. In dem Prozess geht es nur noch am Rande um die Tat in Fulda - und kaum um Dorit Botts. Doch sie bleibt unvergessen: Sie wird als lustig und fröhlich beschrieben. Sie war im Fastnachtsverein Südend und durch ihren amerikanischen Ehemann auch im deutsch-amerikanischen Kontakt-Klub aktiv. „Frau Botts war ein sehr lebensbejahender Mensch", erinnert sich die Nachbarin.

> Von ‚rechter Gewalt' spricht man bei politisch motivierten Delikten, die dem rechtsextremen Spektrum zuzuordnen sind. Hierbei lassen die Tatumstände oder die Einstellung des Täters den Schluss zu, dass die Tat sich gegen eine Person aufgrund ihrer politischen Einstellung, Nationalität, Volkszugehörigkeit, Rasse, Hautfarbe, Religion, Weltanschauung, Herkunft, sexuellen Orientierung, Behinderung oder ihres äußeren Erscheinungsbildes beziehungsweise ihres gesellschaftlichen Status richtet.
>
> Staatsanwältin Heike Meeuw-Wilken, Pressestelle der Staatsanwaltschaft Fulda

Bei einer Tatortbegehung in der Florengasse am 21. August 2001 versucht die Polizei, Details zu rekonstruieren.

Auch der Beschuldigte ist bei dem Termin mit dabei.

Der Fuldaer Military-Laden der Botts ist heute nicht mehr da.

Das war ein Schock fürs Leben. Noch lange danach habe ich in jedem Teenie einen potenziellen Mörder gesehen. Wir haben nach der Tat zunächst bei den Eltern übernachtet und sind schließlich im Dezember umgezogen. Ich hatte Angst.

Zeugin und Nachbarin

Seit Jahren wird diskutiert

Auch die Stadtpolitik befasst sich mit dem Fall

Ist Dorit Botts ein Opfer rechter Gewalt? Diese Frage kommt nach dem Verbrechen immer mal auf, weil der Täter Anhänger der rechten Szene gewesen sein soll.

Die Gruppierung „Links für Soziale Gerechtigkeit" stellte im Januar 2021 den Antrag, dass der Magistrat der Stadt Fulda Vorschläge für eine geeignete Form des Gedenkens an den Tod von Dorit Botts machen soll, die ein „Todesopfer rechter Gewalt" sei, da der Täter der „Nazigruppe Heidenfront" angehöre. Über diesen Antrag wurde in der Sitzung im Februar nicht abgestimmt. Da die Wahlperiode abgelaufen war und die Stadtverordnetenversammlung neu aufgestellt werde, gelten Anträge, zu denen noch kein Beschluss gefasst wurde, als erledigt. Das teilte Johannes Heller von der Magistratspressestelle mit. „Diese Regel greift im vorliegenden Fall. Es liegt also keine Ablehnung vor", erklärt er.

> Im Ergebnis wurde festgestellt, dass der Mordfall keinen Bezug zum Rechtsextremismus oder gar zum NSU aufweist.
>
> Johannes Heller, Pressesprecher bei der Stadt Fulda

Abgelehnt worden sei aber ein ganz ähnlicher Antrag der damaligen Fraktion „Die Linke. Offene Liste/Menschen für Fulda" vom 2. September 2019: „Schul-, Kultur- und Sportausschuss haben sich mit dem Antrag beschäftigt. In beiden Gremien wurde er abgelehnt", sagt Heller und nennt die Begründung: So liege keine offizielle Einstufung der Tat als rechtsterroristisch oder politisch motiviert durch das dafür zuständige Bundesinnenministerium oder die zugeordneten Behörden vor.

Maßgeblich zur Einschätzung seien die Bewertungen des Bundeskriminalamts und des Verfassungsschutzes. Im Zuge der Untersuchung der NSU-Morde sei auch das Tötungsdelikt an Dorit Botts überprüft worden. „Im Ergebnis wurde festgestellt, dass der Mordfall keinen Bezug zum Rechtsextremismus oder gar zum NSU aufweist. Begründet wird dies damit, dass aus dem Urteil des Landesgerichtes Erfurt hervorgehe, dass das Gericht deutlich mache, dass der Täter von einem ‚Freund' zur Tat angestiftet wurde. Ihm ginge es in erster Linie um die Erfüllung des ihm erteilten Auftrages. Dieses Motiv war gemäß Gericht Tatantrieb und tatbeherrschend", zitiert Heller. Die Kammer des Landgerichtes Erfurt sei davon überzeugt, „dass der Angeklagte die Tat begangen hat, um den ihm erteilten Auftrag zu erfüllen. Er habe laut Urteil aus Angst um seine Familie, nicht aus Hass gehandelt. „Es fällt nicht in die Zuständigkeit der Stadtverordnetenversammlung, diese Tat posthum als eine Tat der rechten Gewalt einzustufen. Nach alledem wird für die Einrichtung eines ehrenden Gedenkens an Fuldaer Todesopfer rechter Gewalt keine Grundlage gesehen", erklärt Johannes Heller.

3 Fragen an:

Knut Hillebrand, Pflichtverteidiger des Angeklagten

War es ein Auftragsmord oder eine zufällige Tat?
Das kann ich schlecht einschätzen. Es ist für mich auch durch die Hauptverhandlung nicht klar geworden. Meinem Mandanten wurde ja bescheinigt, dass er von der Reife her einem 15-Jährigen gleicht. Insofern kann es schon sein, dass er beeinflusst worden ist. Das Gericht glaubte ja letztlich an einen Auftragsmord.

Der Angeklagte soll der rechten Szene angehört haben. Hat sich das in Gesprächen gezeigt?
Im Umgang mit ihm hatte ich nicht den Eindruck. Optisch sah man es ihm nicht an. Und auch im Gespräch hat er keine rechtsradikalen Sprüche gemacht. Da habe ich ganz andere erlebt, die über die Opfer und die Hintergründe anders sprechen. Ich hatte schon den Eindruck, dass ihm die Tat ehrlich leidtat.

Was ist aus Ihrem Mandanten geworden?
Das weiß ich nicht. Ich habe seit dem Urteil nichts von ihm gehört. Er hatte damals neun Jahre und zwei Monate bekommen, weil er nach Jugendstrafrecht verurteilt worden ist - wegen Mordes.

„Es war ein Akt rechter Gewalt"

Rick Botts über den Mord an seiner Mutter Dorit, die 2001 in ihrem Laden getötet wurde

Wir hatten eigentlich viel vor und waren auf der Suche nach einem dritten Geschäft.

Rick Botts

Wenn ein Mensch durch die Brutalität eines anderen aus dem Leben gerissen wird, bleiben die Angehörigen oft fragend zurück: Warum musste das passieren? Warum traf es meine Mutter? Das fragt sich John R. L. Botts aus Fulda bis heute. Aber er hat gelernt, mit dem Verlust zu leben.

Alle rufen John R. L. Botts bei seinem Zweitnamen Rick. Doch seine Mutter sagte Ricky. Der Fuldaer hat ein Foto seiner Eltern im Geldbeutel, das vor fast 20 Jahren aufgenommen wurde. Bei einem Fest in Fulda. Es zeigt ein Paar, das glücklich wirkt. Wenn Rick über das Bild spricht, kämpft er mit den Tränen. Denn es ist das letzte Foto: Seine Mutter Dorit Botts wurde am 17. August 2001 in ihrem Laden in der Florengasse in Fulda erstochen. Es war ihr Geburtstag. Sie wurde nur 54 Jahre alt.

Dorit Botts liebte Tiere. Sie wird als lebenslustige Frau beschrieben.

Herr Botts, wie geht es Ihnen heute?
Ich habe gelernt, mit der Tat zu leben. Es war aber jahrelang wirklich schlimm. Es fällt mir immer noch schwer, ans Grab meiner Mutter zu gehen. Freunde und Familie haben mir aber Kraft und Mut gegeben. Und es hat mir geholfen, das Geschäft im Sinne meiner Mutter weiterzuführen.

Sie meinen den Military-Laden in Schlüchtern, nicht den in Fulda, oder? Dort ist Ihre Mutter ja getötet worden.
Ja, in Schlüchtern. Den Laden in Fulda habe ich nur einmal noch betreten. Sonst nicht mehr. Keiner von uns. Der Schock saß zu tief. Meine Mutter war die Inhaberin beider Läden. Wir hatten eigentlich viel vor und waren auf der Suche nach einem dritten Geschäft. Aber nach der Tat ist alles zusammengebrochen.

Wie haben Sie den Tattag erlebt?
Es war der 54. Geburtstag meiner Mutter. Es sollte ein schöner Tag werden. Wir wollten grillen. Einige Freunde hatten sich angekündigt. Mein Vater hatte alles vorbereitet. Ich habe früher im Laden in Schlüchtern Schluss gemacht, um noch etwas einzukaufen. Dann kam der Anruf.

Der Anruf, dass Ihre Mutter überfallen wurde.
Ich bin nicht davon ausgegangen, dass es so schlimm ist. Ich bin ins Geschäft rein, da habe ich sie liegen sehen in einer großen Blutlache. Die Polizei hat mich herauskomplimentiert. Ich habe mich dann um meinen Vater gekümmert, das war einfach nur schlimm. Die Verletzungen waren grausam.

Dorit Botts wurde mit mehreren Messerstichen von einem damals 18-jährigen Täter umgebracht. Er stammte aus Sömmerda in Thüringen und gehörte angeblich der rechten Szene an. Später im Prozess gegen ihn, sprach er davon, dass es ein Auftragsmord gewesen sei, ein Ritual, um in die sogenannte Heidenfront aufgenommen zu werden.

Wie finden Sie es, dass Ihre Mutter nicht als Opfer rechter Gewalt gezählt wird?
Das finde ich nicht in Ordnung. Das war ein Akt rechter Gewalt. Der Mord ist passiert, weil wir Amerikaner sind. Vielleicht war es auch ein Grund, dass er sich bereichern wollte, aber dass der Mord so stattgefunden hat, war eindeutig ein rechtsextremistischer Anschlag. Davon bin ich überzeugt.

Ich bin nicht davon ausgegangen, dass es so schlimm ist. Ich bin ins Geschäft rein, da habe ich sie liegen sehen in einer großen Blutlache.

Rick Botts

Wäre es leichter für Sie gewesen, wenn der Mord als rechts motiviert eingestuft worden wäre?
Es ist enttäuschend. Auch damals, als alle Opfer rechter Gewalt vom Bundespräsidenten eingeladen wurden, waren mein Vater und ich nicht dabei. Hinzu kommt, dass wir nach der Tat keinerlei Betreuung hatten. Da gab es keine Psychologen, die das mit uns aufgearbeitet haben. Wir waren komplett auf uns gestellt und hatten nur die Familie und Freunde, die sich um uns gekümmert haben.

Woran lag das, was glauben Sie?
Ich weiß es nicht. Vielleicht weil wir Amerikaner sind?

Rick Botts äußert diese Vermutung mit leiser Stimme. Für ihn wäre das eine Erklärung - auch wenn er keine Hinweise dafür hat. Er ist zweisprachig aufgewachsen. Sein Vater John O. Botts stammte aus den USA und kam als junger Sergeant nach Fulda. Er lernte Dorit bei einer Weihnachtsfeier kennen. Die beiden heirateten, gingen eine Weile in die Staaten. Als der Vater in Osthessen stationiert wurde, ließ sich die Familie in Fulda nieder. 1971 kam Rick zur Welt. Er ist das einzige Kind der beiden. An die Tat muss er auch jetzt noch häufig denken.

> Ich hege keinen Groll gegen diesen Menschen. Davon würde meine Mutter auch nicht zurückkommen.
>
> Rick Botts

Wie haben Sie das, was Ihrer Familie passiert ist, verarbeitet?
Man kann nie ganz damit abschließen. Es gibt immer wieder Situationen, in denen man sich daran erinnert. Man träumt davon. Aber ich mache einfach weiter. Bei dem Verlust eines geliebten Menschen kann man den Kopf nicht in den Sand stecken. Das Leben muss weitergehen. Und das haben wir gemacht. Trotzdem denke ich oft an meine Mutter. Meiner Tochter, die genau ein Jahr und vier Tage nach dem Mord geboren wurde, haben wir den Zweitnamen Dorit gegeben.

Was war Ihre Mutter für eine Frau?
Ich sage immer, meine Mutter hatte viele Kinder. Bei uns war jeder willkommen, sie war hilfsbereit, tierlieb, offen und ein sehr liebevoller Mensch. Der Mittelpunkt der Familie. Und sie war gesellig: Zweimal war sie beim Fastnachtsverein Südend Fürstin. Auch im Deutsch-Amerikanischen Freundschaftsverein hat sie sich sehr engagiert.

Welche Eigenschaften hat sie Ihnen mitgegeben?
Die Herzlichkeit, das Durchhaltevermögen und den Sturkopf, den habe ich von ihr. 2010 kämpfte ich mich nach einem Unfall zurück ins Leben. Ich glaube, allein, dass sie mich so großgezogen hat, wie sie es tat, hat mir in der Situation Mut und Kraft gegeben, das zu schaffen.

Der Täter hat seine Strafe inzwischen abgesessen. Welche Gefühle haben Sie, wenn Sie an ihn denken?
Er ist verurteilt worden und muss sich für das, was er getan hat, vor Gott verantworten. Er muss das mit seinem Gewissen ausmachen. Ich hege keinen Groll gegen diesen Menschen. Davon würde meine Mutter auch nicht zurückkommen.

Hat der Glaube Ihnen geholfen, mit dieser Situation zurechtzukommen?
Zum Teil, ja. Wenn man von solchen Verbrechen hört, dann sieht man das immer nur aus der Ferne. Wenn es einen selbst betrifft, dann merkt man, was dahinter steckt. Dann erkennt man auch, wer seine wahren Freunde sind.

Gab es Menschen, die sich danach von Ihnen abgewandt haben?
Die gab es. Manche, die vorher bei uns ein und aus gegangen waren, kamen nicht mehr. Da trennt sich die Spreu vom Weizen. Manche wussten vielleicht selbst nicht, wie sie damit umgehen sollten.

Wie lang hat es gedauert, bis es Ihnen besser ging?
Das hat Jahre gedauert. Es gab 2004 ja noch einmal einen Prozess gegen den angeblichen Auftraggeber. Auch zu dem Zeitpunkt war es noch schwer.

In diesem Prozess, der im Oktober 2004 in Erfurt stattfand, war ein damals 23-Jähriger angeklagt. Die Verhandlung endete mit einem Freispruch: Das Gericht sah es nicht als erwiesen an, dass der 23- Jährige den Täter zu dem Mord angestiftet hatte.

Seit dem Mord am 17. August 2001 ist viel passiert. Ricks Vater ist 2011 verstorben. Und trotzdem hat sich manches nicht verändert: Bis heute fällt es dem Fuldaer schwer, in die Florengasse zu gehen. Man spürt, wie das Erlebte noch immer an ihm zehrt, wie es zu einem dunklen Kapitel seines Lebens geworden ist. Aber man merkt, dass sich mittlerweile auch schöne Kapitel angeschlossen haben: Rick ist mittlerweile verheiratet.

Er ist verurteilt worden und muss sich für das, was er getan hat, vor Gott verantworten. Er muss das mit seinem Gewissen ausmachen.

Rick Botts

Die Psychiater Helge Laubinger
und Rainer Hoffmann zur Frage:
Wie wird ein Mensch zum Täter?

Jeder kann zum Mörder werden

Sie wohnen nebenan, führen ganz normale Leben, und auch wir selbst haben das Böse in uns. Ob wir zum Straftäter werden oder nicht, ist eine Frage der Umstände.

In diesem Haus in Egelmes, das inzwischen nicht mehr steht, wurde Anneliese Smith getötet.

Grausamer Mord in der Idylle

Das Opfer wurde in der Badewanne gefunden.

MORD

Anneliese Smith wird 1977 Opfer eines Serientäters.

Als der US-Soldat an Annelieses Tür in Egelmes klingelt, hat sie ein schlechtes Gefühl. Trotzdem bittet sie ihn herein. Ein Fehler.

Idyllisch und fern von großen Städten liegt der Ort Egelmes, ein Weiler mitten in der Natur der Rhön bei Hofbieber. Hier trifft Anneliese Smith am 15. Oktober 1977 auf ihren Mörder, ein Serientäter aus den USA.

„Da war mal was in Egelmes", sagt heute Hofbiebers Bürgermeister Markus Röder. Doch genau kennt er die Zusammenhänge nicht. 1977, da war er noch ein Kind. Aber erst vor Kurzem hatte er einen Bauantrag zu dem Haus vorliegen, in dem die Tat geschah. Im Spätherbst 2020 wurde es abgerissen - zuletzt war das Gebäude eine Ruine mit einem Dach ohne Ziegeln. „Das war immer das Mörderhäuschen. Es wurde nach dem Verbrechen zwar wieder vermietet, aber man hat es immer mit ein bisschen Grauen betrachtet", sagt Werner Hosenfeld. Er lebt nebenan. Den Tag nach dem Mord an Anneliese Smith wird der Pensionär, der früher Polizist war, nie vergessen. Denn er ist es, der das Opfer findet. „Ich wohnte zu der Zeit in Hofbieber und war bei meinen Eltern zum Essen eingeladen. Es gab Hase. Frau Smith wollte das gerne probieren und eigentlich vorbeikommen, um ein Stück abzuholen", erinnert er sich. Als sie nicht kam, sei er mit dem Töpfchen zu ihr gegangen. Das war am 16. Oktober 1977, gegen 13 Uhr.

Etwa 13 Stunden zuvor muss das Verbrechen passiert sein. Anneliese Smith wohnt noch nicht lange in Egelmes. Sie ist die Witwe eines US-Offiziers, der im Vietnamkrieg gefallen ist. Halbtags arbeitet sie in der Wäscherei der US-Kaserne in Fulda. Die 37-Jährige pflegt den Kontakt zu den Amerikanern und bietet Soldaten immer mal wieder einen Imbiss an. Auch am 14. Oktober, ein Tag vor ihrem Tod, hat sie Besuch von zwei Soldaten. Sie halten sich wegen eines Manövers gerade in der Nähe von Hofbieber auf. Die drei trinken Alkohol, es werden Zärtlichkeiten ausgetauscht - alles andere lehnt die 37-Jährige aber strikt ab.

Von diesem Besuch erfährt Martin Woods, ein Kamerad der beiden Soldaten. Der damals 20-Jährige wird später vom Landgericht Fulda für die Tat verurteilt - zugeben wird er sie nie. Doch für das Gericht steht fest, dass er am 15. Oktober 1977, zwischen 20 und 21 Uhr, das Camp verlässt und sich auf den Weg nach Egelmes macht. Er klopft an die Tür von Anneliese Smith und bittet um ein Glas Wasser. Zu dem Zeitpunkt telefoniert sie gerade mit einer Freundin. Anneliese hat zwar Angst vor dem Frem-

Chronik des Falls

4. Februar 1976

Mord in Toledo

In den USA wird am 4. Februar 1976 die 20-jährige Rebecca Gerst in ihrem Apartment umgebracht. Sie verblutet, der Täter hat ihr Wunden am Hals zugefügt. Erst rund 40 Jahre nach dem Verbrechen kann ein Verdächtiger ermittelt werden. Es ist Martin Woods, der 1977 als US-Soldat in Wiesbaden stationiert ist.

14. Oktober 1977

Besuch von zwei Soldaten

Die 37-jährige Anneliese Smith ist seit einigen Jahren Witwe. Ihr Mann, ein US-Offizier, starb im Vietnamkrieg. Sie zieht nach Egelmes, wo sie mit ihrem Hund in einem Haus zur Miete wohnt. Halbtags arbeitet sie in der Wäscherei der US-Kaserne. Sie hat viel Kontakt zu Amerikanern. Am Abend des 14. Oktober wird sie von zwei Soldaten besucht, die sich wegen eines Manövers im Raum Hofbieber aufhalten.

15. Oktober 1977

Der Täter klopft an die Tür

Martin Woods bekommt mit, dass zwei Kameraden am Vorabend bei einer jungen Frau in

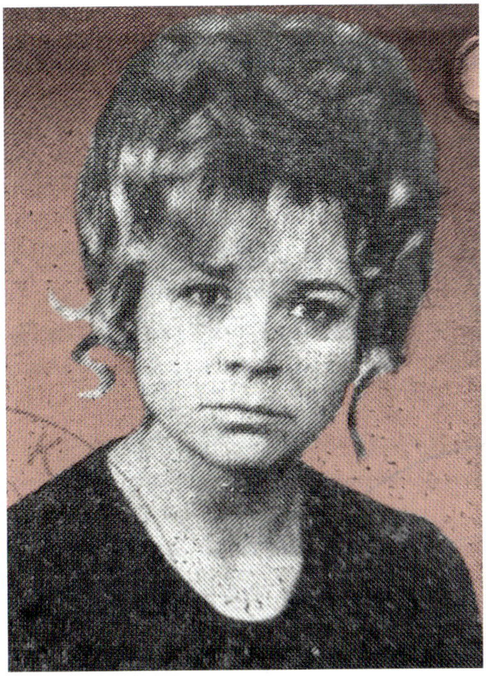

Anneliese Smith wurde 37 Jahre alt.

den, lässt ihn aber hinein, gibt ihm zu trinken, Suppe und auch Alkohol. Gegen Mitternacht stirbt sie - nach einem erbitterten Überlebenskampf. Im Wohnzimmer, Flur und Bad sind Blutspuren. Sie wurde bis zur Bewusstlosigkeit gewürgt und mit 47 Messerstichen getötet. Der Täter zerschneidet ihr das Gesicht, legt sie in die Badewanne, duscht sie ab, vergeht sich an ihr und verschwindet.

Im Bad findet sie Werner Hosenfeld am nächsten Tag: „Ganz am Anfang habe ich gedacht, dass sie Suizid begangen hat. Aber dann war mir schnell klar, dass es Mord gewesen sein muss und dass sie in der Badewanne abgelegt wurde", sagt Hosenfeld. Er ruft die Polizei, die Spuren sichert und Zeugen befragt. Ein Nachbar hat in der Tatnacht einen Mann in Uniform kurz vor Egelmes gesehen. Er war zu Fuß unterwegs.

Schnell konzentrieren sich die Beamten auf die Einheit, zu der auch Martin Woods gehört. Durch Fingerabdrücke, die im Haus gefunden wurden, und widersprüchliche Aussagen gerät er in den Fokus. „Die Einheit wurde zusammengetrommelt, und jeder musste seine Uniform vorzeigen", erinnert sich Hosenfeld. Auch Woods habe das getan und eine vollständige, saubere Uniform

Egelmes waren. Zwischen 20 und 21 Uhr verlässt er das Camp, läuft zum Haus von Anneliese Smith und klopft gegen 22 Uhr. Die 37-Jährige telefoniert zu dem Zeitpunkt gerade mit einer Freundin. Woods ist ihr unbekannt, trotzdem öffnet sie ihm die Tür, gibt ihm ein Glas Wasser und Gulaschsuppe. Ihre Freundin wird später aussagen, dass Smith Angst vor dem Mann hatte.

Der Mord

Anneliese Smith wird vom Täter bis zur Bewusstlosigkeit gewürgt. Offenbar greift sie ein Küchenmesser und versucht sich zu wehren. Doch der Angreifer kann ihr das Messer abnehmen und sticht auf sie ein, trennt Nase und Oberlippe ab und fügt ihr weitere Stiche und Schnitte am Hals und Oberkörper zu. Er vergeht sich an ihr und legt sie in die Badewanne, wo sie verblutet.

16. Oktober 1977

Das Verbrechen wird entdeckt

Das Hoflicht brennt, die Rollos sind nicht hochgezogen, und Anneliese Smith kommt auch nicht wie verabredet zu den Nachbarn, um sich ein Stück Hasenbraten abzuholen. Deshalb geht Werner Hosenfeld zum Haus, um das Essen vorbeizubringen. Dabei macht er die grausame Entdeckung.

18. Oktober 1977

300 Spuren

Die Polizei hat sehr schnell einen Ermittlungsansatz und überprüft die Soldaten der Einheit, die sich während des Manövers in der Gegend aufgehalten haben. Auch ein Seesack mit verschmutzten Kleidungsstücken wird gefunden.

Der Tatort im Jahr 1988. Damals sah der Bahnhof noch anders aus. Das Gebäude rechts ist inzwischen abgerissen. Dort steht nun das Haus, in dem unter anderem die Spardabank ihren Sitz hat.

„Bubis" letzter Kampf

KÖRPERVERLETZUNG MIT TODESFOLGE

Der Obdachlose Kurt Porschen, den alle „Bubi“ nennen, stirbt, nachdem er am Bahnhof verprügelt wurde.

1989, ein Jahr nach der Tat, hat die Polizei einen Verdächtigen. Er gesteht das Verbrechen. Doch vor Gericht widerruft er das Geständnis und wird freigesprochen.

Die Tat geschieht mitten in Fulda auf einem Platz, an dem tagtäglich Tausende Menschen vorbeigehen. Der Zentrale Omnibus-Bahnhof ist auch für „Bubi" ein Ort, an dem er sich Mitte der 80er Jahre oft aufhält und abends sein Bier trinkt, das er für 99 Pfennig im Supermarkt gekauft hat. „Eine Verkäuferin hat mir erzählt, dass er gelegentlich eine Mark gab, der Rest war Trinkgeld. Er galt als lieber Kerl und war vielen bekannt", weiß Bernd Klippstein. Der frühere Polizist war von 1972 bis 2009 bei der Kriminalpolizei und hat im Fall „Kurt Porschen" ermittelt.

Es ist die Nacht zum 11. Juni 1988. In der Nähe der Wartehalle am ZOB steht der Stadtstreicher „Bubi" Porschen, der damals 52 ist, mit einem jüngeren Mann in der Nähe des Kiosks. Dort, wo heute die Busse halten, trinken die beiden Bier und geraten in Streit.

Zwei Zeugen, die für die Post Pakete sortieren, beobachten, wie Porschen stürzt und der Begleiter kurz darauf „wie von Sinnen" auf ihn einschlägt, ihn tritt, und erst von seinem Opfer ablässt, als sich die Zeugen durch laute Rufe bemerkbar machen. Der Täter flüchtet in Richtung Nikolausstraße. „Bubi" kommt schwer verletzt ins Krankenhaus. „Zu dem Zeitpunkt war das noch kein Tötungsdelikt. Er wurde als verletzte Person abtransportiert. Der Rettungsdienst hat in solchen Fällen andere Aufgaben, als darauf zu achten, bestimmte Spuren nicht zu verwischen. Hinzu kam, dass eine Spurensicherung an so einem Ort, wo sich viele Personen aufhalten, ohnehin schwierig war", erinnert sich Klippstein. Spuren von Fasern, Fingern und Blut seien damals, als die DNA-Analyse noch nicht zur Verfügung stand, die gängigsten Hinweise gewesen. „Mit den heutigen Möglichkeiten wäre die Aufklärung eine ganz andere Sache gewesen", ist Klippstein überzeugt.

Als „Bubi" zwei, drei Stunden nach dem Vorfall im Klinikum stirbt, ist das Blut vor dem Kiosk schon aufgewischt worden. Es ist Samstagfrüh, ein bewölkter Tag. Zwar ist die Gewalttat beobachtet worden. Doch nur aus der Ferne. Zeugen beschreiben den Täter als Mann, der zwischen 1,70 und 1,75 Meter groß ist und dunkle Haare hat. Er soll einen weißen Blazer und eine dunkle Hose getragen haben. Mehr Informationen hat die Polizei nicht. „Wir haben dann erst einmal mit Hypothesen gearbeitet. Einen Raub oder eine Beziehungstat haben wir nicht angenommen."

Chronik des Falls

11. Juni 1988 - 1.20 Uhr

Kurt Porschen wird verprügelt

Kurt Porschen trinkt mit einem jungen Mann Bier. Gegen 1.20 Uhr geraten sie in Streit. „Bubi" stürzt. Als er am Boden liegt, schlägt und tritt der Täter auf ihn ein. Der Vorfall wird von Zeugen beobachtet, die offenbar schreien und den Angreifer dadurch in die Flucht schlagen.

11. Juni 1988 - morgens

Kurt Porschen stirbt im Krankenhaus

Noch etwa zwei bis drei Stunden lang kämpfen die Ärzte um das Leben des Stadtstreichers. Doch am frühen Morgen verstirbt er im Städtischen Klinikum.

13. Juni 1988

Täterbeschreibung wird veröffentlicht

Die „Fuldaer Zeitung" veröffentlicht eine Beschreibung des Täters: Es soll sich um einen „jüngeren Mann", einen „Südländer-Typ mit halblangen, schwarzen Haaren" handeln. Der Gesuchte ist 1,70 bis 1,75 Meter groß und trug zur Tatzeit einen weißen Blazer, eine dunkle Hose und Slipper-Schuhe.

Der Obdachlose Kurt Porschen war vielen als „Bubi" bekannt.

Zwar habe „Bubi" eine Frau und eine Tochter gehabt, doch der Kontakt sei seit längerem abgebrochen. Viel wahrscheinlicher sei eine Milieutat gewesen: „Wir haben dann angefangen, Personen in seinem Umfeld zu überprüfen, die sich nachts in Fulda rumtreiben und auf der Platte leben", sagt Klippstein.

Doch außer, dass ein paar Delikte wie Handtaschendiebstähle aufgeklärt werden können, kommt die Polizei mit ihren Ermittlungen nicht voran. Immerhin kann die Tatzeit inzwischen eingegrenzt werden – und zwar durch eine besondere Zeugin: Porschens Tochter: „Sie kam mit ihrem Freund, der an dem Tag Geburtstag hatte, am Bahnhof vorbei und sah, wie ‚Bubi' sich mit einem jüngeren Mann unterhalten hat. Weil die Uhr des Freundes stehengeblieben war, schaute sie auf die Bahnhofsuhr, die 1.20 Uhr zeigte", erklärt der frühere Ermittler. Dass gerade die Tochter kurz vor dem Verbrechen vorbeigekommen war, sei ein Zufall, tatverdächtig war das Paar nie: „Es bestand kein Grund. Als Täter sind wir von Anfang an von der Person ausgegangen, mit der ‚Bubi' gesehen wurde."

24. Juni 1988

5000 DM Belohnung für Hinweise

Die Staatsanwaltschaft setzt eine Belohnung in Höhe von 5000 DM für Hinweise aus, die zur Aufklärung des Totschlags an Kurt Porschen führen.

Anfang März 1989

Polizei nimmt 19-Jährigen fest

Ein 19-Jähriger, dem die Vergewaltigung einer 50-jährigen Frau am Aschenberg vorgeworfen wird, gerät in den Verdacht, etwas mit dem Tod von „Bubi" zu tun zu haben. Die Beamten verhören ihn – und er gesteht. Daraufhin kommt er in U-Haft.

21. Mai 1990

Der Verdächtige wird verurteilt

Vor dem Landgericht Fulda widerruft der Angeklagte sein Geständnis, das er zuvor an drei Stellen – bei der Polizei, beim Haftrichter und bei einem Psychiater – abgelegt hat. Trotzdem wird er nach elftägiger Hauptverhandlung wegen Körperverletzung mit Todesfolge zu einer Jugendstrafe von drei Jahren verurteilt. Vom Vorwurf der Vergewaltigung wird er freigesprochen.

Nicht weit vom Friedhof in Grebenhain entfernt, in der Friedhofstraße, lagen die sterblichen Überreste von Elise W. neun Jahre lang begraben.

Neun Jahre tot, und es fällt nicht auf

Elise W. starb im Frühjahr 2005. Danach wurde sie im Garten vergraben.

Elise W. wird von ihrer Bekannten im Garten begraben, aber nicht für tot erklärt.

Um die Rente zu kassieren, betrügt eine Frau jahrelang die Behörden. Doch der Fall zeigt auch, wie einsam manche Menschen am Ende ihres Lebens sind.

Du bist seit neun Jahren tot, und niemand sucht nach dir. Niemand vermisst dich. Und niemand kümmert sich darum, dass du am Friedhof begraben wirst. Stattdessen liegt deine Leiche im Garten vergraben, unter den Tomaten. Deine Rente jedoch, die wird weiterhin gezahlt. Und deine Bekannte gibt das Geld aus.

Was sich wie der Klappentext eines Kriminalromans anhört, ist in Grebenhain wirklich passiert. Es zeigt, wie einsam manche Menschen an ihrem Lebensende sind. So einsam, dass es erst nach neun Jahren einer Gemeindemitarbeiterin auffällt, dass da eine Person namens Elise W. nicht mehr da ist. Und es zeigt ein Systemversagen: Denn all die Jahre kann die Frau, die die Seniorin zuletzt gepflegt hat, Renten- und Pflegegeld sowie Zahlungen des Bundesausgleichsamtes kassieren. 135.000 Euro kommen so zusammen.

Es ist irgendwann Anfang 2005, als Elise W. mit 81 Jahren stirbt. Das genaue Todesdatum ist fraglich. Als die sterblichen Überreste im Juni 2014 aus dem Garten der Pflegebeauftragten ausgegraben werden, lässt sich das nicht mehr so genau feststellen. Auch die Todesursache nicht. Staatsanwalt und Polizei gehen aber von einem natürlichen Tod aus: „Im Rahmen der Obduktion fanden sich keine Hinweise auf eine Gewalteinwirkung“, erklärt der Gießener Staatsanwalt Thomas Hauburger. Er ist es auch, der zusammen mit zwei Kriminalbeamten am 10. Juni 2014 bei der Beschuldigten an der Tür klopft und einen Durchsuchungsbeschluss vollstreckt: „Sie gewährte der Polizei und mir Einlass, nachdem wir ihr die Situation und den Vorwurf erläutert hatten. Sie wirkte ruhig, und zeigte sich schließlich kooperativ“, erinnert sich Hauburger. Letztlich führt sie die Ermittler zu der Stelle, wo die Tote begraben liegt. 70 Zentimeter unter der Erde, ein flaches Grab. Elise W. ist eingewickelt in Decken und Müllsäcke. Darüber wurden Tomaten gepflanzt, die bei dem späteren Prozess immer mal wieder Thema sind, etwa als die Angeklagte erzählt, dass die Tomaten dort besonders gut gewachsen seien und dass sie diese an die Nachbarn verteilt habe. Es wird nicht das einzige skurrile Detail in dem Fall bleiben.

Und auch einige Fragen bleiben offen. Allem voran eine: Wer hat der damals 63-jährigen gehbehinderten Frau beim Vergraben der Leiche geholfen? War es eine Bekannte, die 2005 von

Chronik des Falls

1989

Die Bekannte von Elise W. holt sie aus dem Pflegeheim

Bis 1989 lebt Elise W. in einem Pflegeheim in Bad Salzschlirf. Ihre Bekannte, die später wegen Betrugs verurteilt wird, holt sie jedoch zu sich nach Lauterbach, um sie dort zu pflegen. Später ziehen die beiden Frauen nach Sickendorf.

1991

Elise W. schreibt einen Brief

In einem Brief an ein Pflegeheim bittet Elise W. um Aufnahme. Darin schildert sie, dass sie sich habe bereden lassen, das Pflegeheim zu verlassen. Die Zustände, in denen sie jetzt lebt, seien schlimm. So bekomme sie zum Beispiel nur wenige warme Mahlzeiten. Auch würde sie von der Beschuldigten von der Außenwelt abgeschottet. Der Brief wird allerdings nie abgeschickt. Später im Gericht ist er Gegenstand der Verhandlung.

Die Angeklagte, damals 74 Jahre alt, wurde wegen gewerbsmäßigen Betrugs zu zwei Jahren und neun Monaten Haft verurteilt.

Grebenhain nach Holland zog? War es ein Hilfsarbeiter, der der Beschuldigten immer mal zur Hand ging? Oder die Tochter der Bekannten, die ein Teil des Geldes für ihre Ausbildung an einer Sprachschule in Fulda bekommen hat? Die Version, dass es der verstorbene Bruder der Angeklagten gewesen sein soll, glaubt das Gericht nicht. Er war damals schon schwer krank. Im Frühjahr 2016 wird der Fall am Amtsgericht Alsfeld verhandelt. Staatsanwalt ist Thomas Hauburger, der in seinem Plädoyer von einem „multifunktionalen Organversagen" spricht. „Es haben zu wenige Kontrollen stattgefunden", erklärt er. Nur so sei es überhaupt möglich gewesen, dass der Betrug nicht auffiel - weder beim Arzt, noch beim Pflegedienst.

2004 wird Elise W. von dem Mitarbeiter eines Pflegedienstes in der Grebenhainer Wohnung erstmals begutachtet. Dieser Mann kommt auch in den Folgejahren - bis 2009 insgesamt zehn Mal - und füllt zusammen mit der Angeklagten die Frage-

2003

Umzug nach Grebenhain

Erneut ziehen Elise W. und die Beschuldigte um, dieses Mal nach Grebenhain. Etwa um diese Zeit erhält die Bekannte vollen Zugriff auf das Konto von Elise W. Die alte Dame wird immer schwächer, nur wenige Menschen bekommen sie zu Gesicht, und sie verliert durch den Umzug den Kontakt zu ihrem Hausarzt. 2004 tritt die Beschuldigte erstmals gegenüber der Pflegeversicherung als Pflegeperson auf.

Frühjahr 2005

Elise W. stirbt und wird vergraben

Elise W. stirbt im Alter von 81 Jahren offenbar eines natürlichen Todes. Anstatt die Behörden davon zu unterrichten, vergräbt die Beschuldigte die alte Frau in einem 70 Zentimeter tiefen Loch im Garten vor ihrem Haus in der Friedhofstraße. Sie hüllt die 1,54 Meter große Frau in Decken und Müllsäcke. Beim Vergraben hat sie womöglich Hilfe. Von wem, ist bis heute unklar, ebenso wie das genaue Todesdatum.

Ende 2013

Die Gemeinde Grebenhain wird stutzig

Die Rente wird bis 2012 gezahlt. Von Amts wegen möchte eine Mitarbeiterin der Gemeinde Grebenhain Elise W. abmelden, weil sie auch auf Nachforschung hin kein Lebenszeichen von ihr erhalten hat. Sie schaltet die Polizei ein.

Als Christel Merz aufgefunden wurde, waren viele Schaulustige am Tatort in Schletzenhausen.

Tod nach der Disco

Christel Merz war die Älteste von sieben Töchtern.

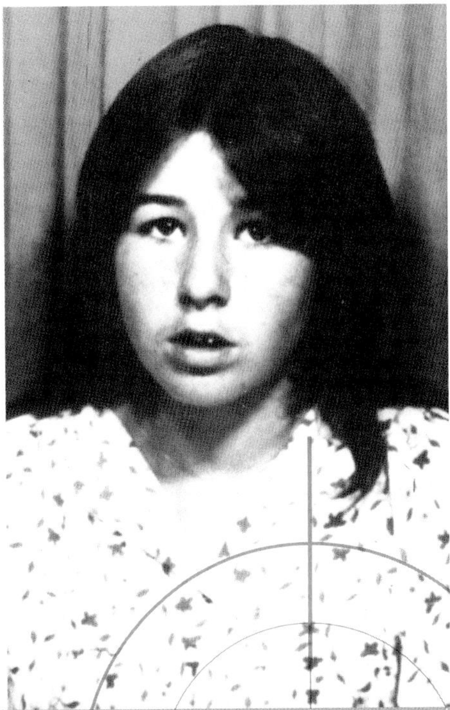

MORD

1973 wird Christel Merz erschlagen und erwürgt.

Eigentlich darf die 13-Jährige noch nicht ins „Happy Day“, einer Disco in Schletzenhausen. Sie tut es trotzdem – und kommt nie wieder nach Hause. Es ist Schreckliches passiert.

Ein Gerichtsverfahren, bei dem sich ein Täter für sein Tun verantworten muss, kann Opfer-Angehörigen helfen, mit einem Verbrechen abzuschließen. Inge Merz, der Mutter der getöteten Christel Merz, ist das nicht vergönnt. Bis heute ist der Fall aus dem Jahr 1973 ungeklärt.

Inge Merz zündet jeden Tag eine Kerze für ihre Tochter an. Seit 1973 ist Christel tot. Das Grab am Friedhof in Hainzell ist schon lange nicht mehr da. Doch die Erinnerung bleibt. „Ich denke oft an sie", sagt die Mutter.

Der Schmerz, der am 4. November 1973 seinen Anfang hat, ist immer noch da. An diesem Tag, ein Sonntagmittag, schleicht sich die damals 13-jährige Christel aus dem Haus in Hainzell. Sie ist ein hübsches Mädchen, hat lange dunkle Haare. Sie sieht ihrem Vater ähnlich. Gemeinsam mit zwei Schulfreundinnen geht sie in die Disco „Happy Day" nach Schletzenhausen, eine Jugenddisco, die schon nachmittags aufmacht. „Ich weiß noch genau, ich hatte gewaschen. Dass Christel weggegangen war, hatte ich gar nicht gemerkt. Sie durfte nicht in die Disco. Sie war noch viel zu jung. Wenn ich erfahren hätte, dass sie dorthin will, hätte ich es ihr verboten", sagt Inge Merz. Einige Monate zuvor hat sie ihre Tochter schon einmal aus der Disco geholt. „Das war ihr damals sehr peinlich."

In der ersten Etage des Rohbaus wurde das Mädchen unter einem Getreidehaufen gefunden.

Chronik des Falls

4. November 1973

Christel Merz wird zuletzt lebend gesehen

Mit zwei Freundinnen besucht Christel Merz, die gerade 13 geworden ist, heimlich das „Happy Day" in Schletzenhausen. Die Disco hat bereits am Nachmittag geöffnet. Gegen 19 Uhr wollen die Freundinnen nach Hause. Christel ist jedoch nicht aufzufinden. Zuletzt gesehen wird sie mit einem Jugendlichen, der damals wenige Jahre älter ist als sie. Zeugen beobachten, dass die beiden in Richtung Ortsmitte gehen. Auch in der Nähe des Rohbaus, wo Christel später gefunden wird, werden sie gesehen.

16. November 1973

Die 13-Jährige wird in einem Rohbau tot aufgefunden

Es dauert zwölf Tage, bis Christel Merz gefunden wird. Sie liegt unter einem Getreidehaufen im ersten Stock eines Rohbaus. Das Haus befindet sich ganz in der Nähe der Disco. Der Täter hat das Mädchen erwürgt und sie mit massiver stumpfer Gewalt im Gesicht verletzt.

Ein grausamer Anblick: Christel wurde mit massiver stumpfer Gewalt erschlagen.

Christel ist die Älteste von insgesamt sieben Geschwistern. Auch die Großmutter lebt in der Nähe. „Sie hat ihrer Oma noch zugewunken", weiß Inge Merz. Im „Happy Day" verliert sich dann ihre Spur. Die beiden Freundinnen fahren um 19 Uhr nach Hause, zu dem Zeitpunkt können sie Christel nicht finden. Mit einem Bekannten, einem 16-Jährigen aus Fulda, soll sie um diese Zeit einen Spaziergang gemacht haben. „Dieser Bekannte erklärte, dass er mit ihr nach links in Richtung Friedhof gelaufen sei. Später stellte sich aber heraus, dass die beiden in der Nähe eines Rohbaus gesehen wurden, und der befand sich in der anderen

Die Polizei nimmt 1973 sofort die Ermittlungen auf, doch vom Täter fehlt bis heute jede Spur.

20. November 1973

Polizei nimmt einen Tatverdächtigen fest

Ein damals 23-Jähriger wird festgenommen. Auch er war an dem Tag in der Disco. Er wird verdächtigt, weil er rote Flecken an dem Anzug hat, den er an dem Abend anhatte. Schnell stellt sich jedoch heraus, dass die Flecken nicht vom Opfer stammen.

16. November 2002

Der Fall wird noch einmal neu aufgerollt

An diesem Tag titelt die „Fuldaer Zeitung" „Den Tätern wieder auf der Spur". Der Fall Christel Merz wird neu aufgerollt. Mithilfe von neuen Untersuchungsmethoden wie der DNA-Analyse hofft man auf neue Erkenntnisse. Doch die Spurenlage ist zu schlecht.

11. September 2020

Christel Merz wäre 60 geworden

Mit 13 Jahren stirbt Christel Merz. Ihre Mutter denkt bis heute jeden Tag an sie. Am 11. September 2020 wäre Christel Merz 60 geworden.

Richtung", sagt Franz-Karl Vogl. Der ehemalige Kriminalpolizist aus Mittelkalbach war einer der Ermittler in dem Fall. In dem Rohbau wird Christel später tot aufgefunden. „Vorher war das tagelang eine Vermisstensache", erklärt Vogl. Als die 13-Jährige am Abend des 4. November 1973 nicht nach Hause kommt, haben Inge Merz und ihr Mann Helmut sofort ein ganz schlechtes Gefühl, weil auch die gelbe Stoffjacke des Mädchens in der Disco zurückgeblieben war. „Mir war das gleich komisch. Sie wäre nicht abgehauen", sagt die Mutter.

Am 16. November dann die traurige Gewissheit: Christel Merz wird gefunden. In dem Rohbau, ganz in der Nähe der Disco, lagert ein Landwirt Getreide. Unter einem Getreidehaufen macht der Sohn des Bauern die Entdeckung. Sofort ist klar, dass die 13-Jährige einem Gewaltverbrechen zum Opfer gefallen ist. „Als die Polizei uns diese Nachricht überbrachte, war das schlimm. Mein Mann war wie gelähmt. Auch ich habe an Selbstmord gedacht", sagt Inge Merz. Ihr kommen auch jetzt noch die Tränen, wenn sie darüber spricht.

Der Täter hat Christel erwürgt und ihr das Gesicht zertrümmert. Hose und Unterwäsche sind bis zu den Knien heruntergezogen. Schnell geht die Polizei von einem Sexualverbrechen aus. „Es ist denkbar, dass sie mit dem Täter freiwillig in den Rohbau gegangen ist, dieser mehr wollte, sie das aber ablehnte. Daraufhin könnte es zu der Tat gekommen sein", sagt Vogl. Ob die 13-Jährige

Als die Polizei uns diese Nachricht überbrachte, war das schlimm. Mein Mann war wie gelähmt.

Inge Merz,
Mutter des Opfers

Inge Merz im Jahr 2014. Sie wünscht sich endlich Gewissheit, wer ihre Tochter getötet hat.

sexuell missbraucht wurde, konnte nicht festgestellt werden. Es habe damals einen Tatverdächtigen gegeben - der junge Mann, mit dem sie zuletzt gesehen wurde. „Es war bemerkenswert, dass er - noch als der Fall eine Vermisstensache war - behauptet hatte, mit ihr Richtung Friedhof gegangen zu sein, er aber in der gegenüberliegenden Richtung gesehen wurde. Das hat er letztlich auch eingeräumt. Für uns, die in der Sache ermittelt haben, war es eindeutig. Wir konnten ihm die Tat allerdings nicht nachweisen. Das gab die Spurenlage einfach nicht her", erklärt Vogl.

Wegen verdächtiger Spuren rückt einige Tage nach dem Auffinden ein anderer Mann ins Visier der Fahnder: ein damals 23-jähriger Gastarbeiter, der sich ebenfalls in der Disco aufgehalten hat. Er wird am 20. November festgenommen, weil auf dem Anzug, den er an dem Abend getragen hatte, rote Flecken entdeckt worden waren. Nach der Untersuchung ist jedoch schnell klar, dass diese Flecken nicht vom Opfer stammen. Auch Franz-Karl Vogl geht davon aus, dass dieser Mann mit dem Verbrechen nichts zu tun hat. Dass der Fall nie geklärt wurde, treibt ihn um. Der Jugendliche, der damals verdächtigt wurde, lebe nicht mehr in der Region.

Inge Merz fragt sich immer wieder, wer ihrer Tochter das angetan hat. Wer hatte ein Auge auf sie? Wer ist verdächtig? „Vielleicht hat er selbst Kinder. Wie kann so jemand nachts ruhig schlafen?" Oft stellt sie Vermutungen an, wenn sie jemand ihrer Meinung nach seltsam anschaut. Dann fragt sie sich, ob das der Täter ist. „Ich wäre ruhiger, wenn er gefasst wäre." Das würde sie sich wünschen. Dann würde sie auch die Kleidung ihrer Tochter zurückbekommen, die seitdem in der Asservatenkammer aufbewahrt wird. „Die Kleidung möchte ich mit ins Grab nehmen."

Ungeklärt

Einige Fälle, für die das Polizeipräsidium Osthessen zuständig ist, blieben bislang ungeklärt: Dazu zählen neben dem Verbrechen an Christel Merz (1973) aus Hainzell beispielsweise das Tötungsdelikt an Hans Plüschke (1998) aus Hünfeld, an Marion Jurewicz (1992) aus Großenlüder, an Irmgard Eddiks (1998) aus Oldenburg, deren Leiche am A-7-Parkplatz Mahlertshof abgelegt wurde, an Gabriele Schmitt (1983) aus Fulda und an Fritz Gotthard (1992) aus Dietges.

Franz-Karl Vogl war von 1970 bis 2004 Ermittler der Kriminalpolizei.

Für uns, die in der Sache ermittelt haben, war es eindeutig. Aber wir konnten dem Verdächtigen nichts nachweisen.

Franz-Karl Vogl, früherer Ermittler

Mord, Totschlag und die Fristen

In der Region sind wenige Tötungsdelikte seit Jahren ungeklärt

Jemand, der einen Mord begeht, der hat heutzutage kaum eine Chance, nicht entdeckt zu werden.

Bernd Klippstein, früherer Ermittler

2019 liegt die Aufklärungsquote bei Mord in Deutschland bei 91,4 Prozent. Im Bereich des Polizeipräsidiums Osthessen gibt es weniger als zehn Tötungsdelikte, die als ungeklärt gelten. Das Verbrechen an Christel Merz ist eines davon.

Mord verjährt nie: Deshalb werden die Beweismittel in einem Mordfall auch aufgehoben, bis der Fall geklärt ist. Auch die Kleidung, die Christel Merz trug, als sie vor fast 50 Jahren starb, wird bis heute aufbewahrt: „Es gibt keine generelle Aufbewahrungsfrist für Asservate. Die Dauer ist jeweils anhand des Einzelfalls zu entscheiden", sagt Dr. Christine Seban, Pressesprecherin der Staatsanwaltschaft Fulda. Bei Mord würden die Asservate lange aufbewahrt: „Insbesondere solche, die für eine etwaige weitere Untersuchung oder sonstige Ermittlungsmaßnahmen noch herangezogen werden könnten. Opferkleidung stellt stets ein potentielles Beweismittel dar", betont sie. Auf dieser Kleidung könnten Spuren des Täters sein, die womöglich irgendwann einmal mit neuen Technologien ausgewertet werden könnten.

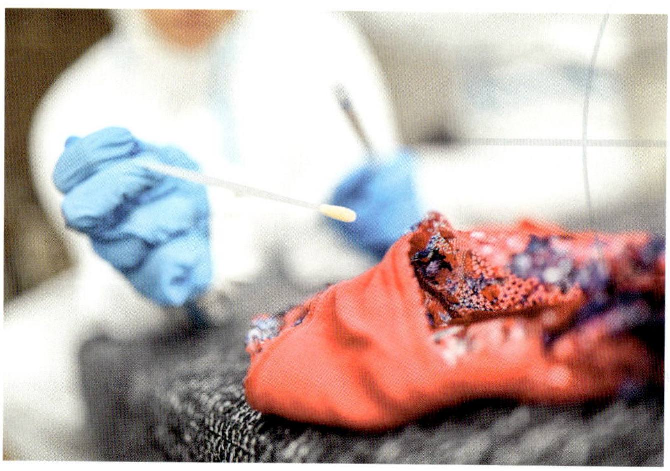

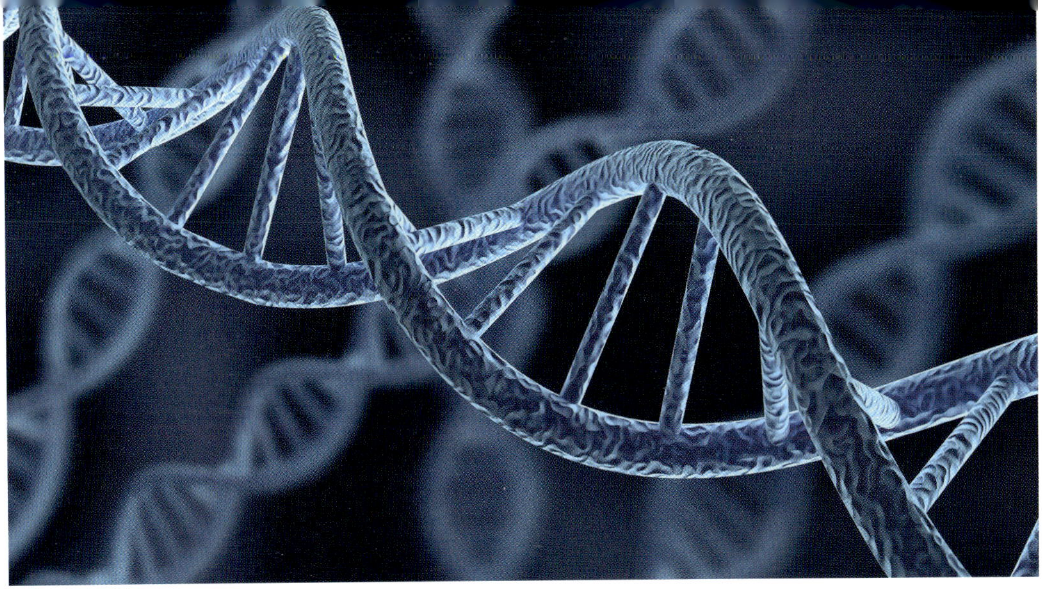

Telefonüberwachung und auch die DNA-Analyse, die in den 1990er Jahren aufkam, waren solche Quantensprünge in der Ermittlungsarbeit. Die Polizei in Fulda konnte dadurch mehrere Erfolge verbuchen. Eine große Reihenuntersuchung gab es beispielsweise nach dem Mord an Karola Schmidt 1999, wo auch die beiden Täter zum Test gebeten wurden. Insgesamt analysierten die Ermittler 1200 Speichelproben. „Jemand, der einen Mord begeht, der hat heutzutage kaum eine Chance, nicht entdeckt zu werden", sagt Bernd Klippstein, der lange Dezernatsleiter des K11 war. In den meisten Fällen sei die Tat nicht geplant, und oft bestünde auch eine Beziehung zwischen Täter und Opfer.

Ob ein Verbrechen als Mord oder Totschlag gilt, das wird in den jeweiligen Gerichtsverhandlungen erörtert. Für Mord nach Paragraf 211 müssen bestimmte Merkmale erfüllt sein. Dazu zählen Mordlust, Befriedigung des Geschlechtstriebs, Habgier oder sonstige niedere Beweggründe. Wenn eine Tötung heimtückisch, grausam, mit gemeingefährlichen Mitteln oder um eine andere Straftat zu ermöglichen oder zu verdecken ausgeübt wird, dann zählt das als Mord.

Wer einen Menschen vorsätzlich tötet, ohne eines der Mordmerkmale zu erfüllen, der wird als Totschläger bestraft. Ein Totschlag verjährt nach 20, in schweren Fällen nach 30 Jahren.

Opferkleidung stellt stets ein potentielles Beweismittel dar.

Dr. Christine Seban, Pressesprecherin der Staatsanwaltschaft Fulda

Journalistin Sabine Rückert
über unentdeckte Tötungsdelikte.

THEMA

Keine Spur vom Verbrechen

Dort, wo Sterben zum Alltag gehört, fällt ein Mord kaum auf. Experten gehen davon aus, dass es eine Vielzahl solcher Fälle gibt.

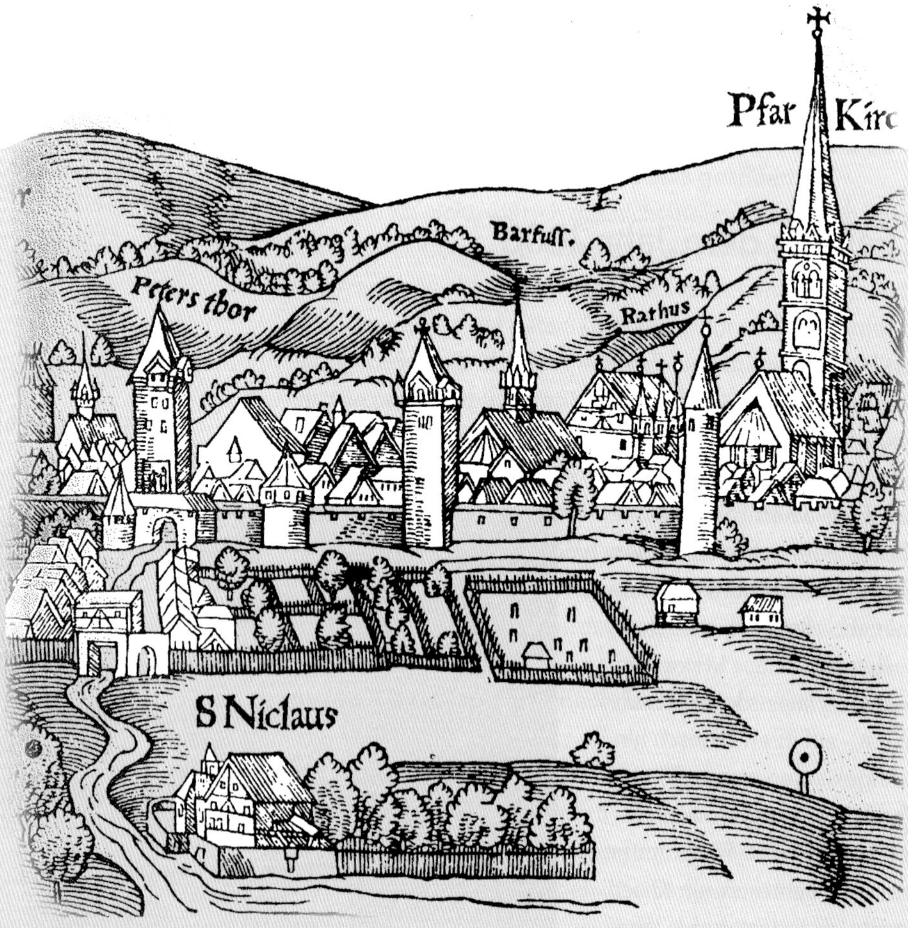

Eine Ansicht aus dem Jahr 1550 zeigt in der Mitte den jüdischen Friedhof.

Ein angeblicher Ritualmord

HISTORISCHER FALL

Die historische Aufnahme zeigt die Ziegelmühle in der Johannisstraße in Fulda. An dieser Stelle könnte sich der Brand ereignet haben.

Nachdem die Kinder eines Müllers sterben, kommt es in Fulda zum ersten Pogrom der Stadtgeschichte.

Das Jahr 1235 geht blutig zu Ende. 30 Juden werden ermordet, weil sie angeblich für den Tod von Kindern verantwortlich sind.

Im Jahr 1235 erlebt Fulda ein blutiges Jahresende. Am ersten Weihnachtsfeiertag sterben Kinder bei einem angeblichen Ritualmord in einer Mühle. Die Schuld wird Juden angelastet. Daraufhin werden über 30 jüdische Männer, Frauen und Kinder bei einem Pogrom ermordet.

Rabbi Samuel, Eleasar, seine Frau Rachel, die Schwiegermutter Zeruja und ihre sieben Kinder, außerdem Joseph, Hanna, Minna, David, Aharon, Rizlin und Bona: Alles Namen von Menschen, die 1235 in Fulda leben und das Jahr 1236 nicht erleben werden. Kurz vor Silvester, am 28. Dezember 1235, sterben sie auf grausame Art und Weise – ermordet, weil sie Juden sind. Es ist der erste Pogrom, der in die Geschichtsbücher der Stadt eingeht. Mehr als 30 Juden fallen dem Anschlag zum Opfer.

Fulda ist damals ein Ort mit kaum mehr als 1200 Einwohnern. Aus heutiger Sicht eher ein Dorf als eine Stadt. Doch Fulda gilt als Stadt und hat auch Münz-, Markt- und Zollrecht. Gerade zum Markt um Palmsonntag kommen viele Kaufleute auch von außerhalb. In der Stadt selbst leben Handwerker, Bäcker, Metzger, Schmiede und Leinweber. „Alles keine reichen Leute", sagt Stadtarchivar Dr. Thomas Heiler. Der wirtschaftliche Neid sei oft der Grund gewesen, weshalb in der Bürgerschaft Judenhass aufkam. „Die Juden waren mitunter erfolgreiche Kaufleute und pfiffiger organisiert als die Handwerker in den Zünften. Pogrome gab es zu dieser Zeit im ganzen Reich, genährt auch durch die Kreuzzugsbewegung ins Heilige Land", erklärt Heiler.

Die Vorfälle in Fulda werden allerdings in ganz Europa bekannt. Sogar Papst Innocenz IV. erwähnt die Stadt 1253 als abschreckendes Beispiel. Dem Pogrom geht eine Anschuldigung voran: Juden sollen bei einem Ritualmord die Kinder eines Müllers ermordet haben, um deren Blut für Heilzwecke zu gewinnen. Angeblich soll das Blut in Säcken aufgefangen worden sein.

Es ist der 25. Dezember 1235. Der erste Weihnachtsfeiertag. „Es heißt, dass der Müller und seine Frau beim Weihnachtsgottesdienst waren, als es passierte", erklärt Heiler. Die Quellen seien bei einigen Angaben nicht eindeutig. Einige sprechen davon, dass drei Kinder ums Leben kamen, andere gehen von fünf Opfern aus. Die Mühle sei abgebrannt. Doch um welche Mühle es sich genau handelt, das ist fraglich. „Einige Quellen gehen

Chronik des Falls

25. Dezember 1235

Brand und Tod der Müllerskinder

In Fulda brennt eine Mühle. Die Kinder des Müllers sterben. Ihre Leichname sind angeblich blutarm. Sehr schnell geraten Juden als Täter ins Visier. Unter Folter sollen zwei jüdische Bürger die Tat gestanden haben. Der Vorwurf: Sie sollen die Kinder getötet haben und das Blut in Säcken, die zuvor mit Wachs ausgestrichen wurden, aufgefangen haben.

28. Dezember 1235

Der erste Pogrom in Fulda

Über 30 Juden, auch hier variiert die Zahl zwischen 32 und 34 Opfern, werden getötet. Zum Teil bei sich zuhause. Wer die Anstifter des Pogroms sind, ist nicht klar: Einige Quellen halten Fuldaer Bürger für die Täter. Andere gehen davon aus, dass es Gesindel war, das sich im Gefolge der Kreuzfahrer in der Region herumtrieb.

Frühjahr 1236

Kinderleichen in Hagenau

Die Leichen der Kinder werden nach Hagenau ins Elsass gebracht. Dort hält sich Kaiser Friedrich II. in seiner Pfalz auf.

davon aus, dass es ein Vorgängerbau der Ziegelmühle war, die sich damals in der Johannisstraße befand. Ganz sicher können wir aber tatsächlich nicht sein", sagt Heiler. Vieles sei vage: „Aber dass etwas vorgefallen ist, dürfte feststehen. Ich gehe davon aus, dass die Mühle gebrannt hat. Vielleicht war es Brandstiftung, vielleicht aber auch nicht. Fest steht, dass die Kinder ums Leben kamen. Ihre Leichen wurden nämlich zum Kaiser in dessen Pfalz Hagenau im Elsass transportiert, als juristischer Beweis sozusagen", erklärt der Experte.

In Augsburg findet im Sommer 1236 ein Hoftag von Kaiser Friedrich II. statt. Er ist seit 1212 König und seit 1220 Kaiser und gilt als moderner Herrscher, schillernd, hochgebildet, den Wissenschaften zugewandt. „Aber auch gefährlich in seiner Intelligenz", ergänzt der Stadtarchivar. Kaiser Friedrich II. genießt, wie die Kaiser vor ihm, ein besonderes Herrschaftsrecht: das sogenannte Judenregal. „Das war ein kaiserliches Hoheitsrecht zum Schutz der Juden. Die Juden waren dem Kaiser damit direkt unterstellt - mussten dafür allerdings auch zahlen. Ein Angriff auf Juden war so gesehen auch ein Angriff auf den Kaiser und seine Machtbefugnis", sagt Heiler.

Als Kaiser Friedrich II. von den Vorkommnissen in Fulda erfährt und die Fuldaer Bürgerschaft an ihn herantritt, dass er die Juden für den angeblichen Ritualmord bestrafen soll, lässt er - anders als die Zeitgenossen es erwarten - prüfen, ob wirklich Juden für den Tod der Kinder verantwortlich waren. „Er ließ den Sachverhalt untersuchen und schickte Gesandte mit Briefen an andere europäische Höfe. Darin fragte er, ob sie von Ritualmorden wissen, die von Juden begangen wurden. Der Rücklauf war eindeutig. Und das Urteil war es auch", erklärt Heiler.

Friedrich II. kommt zu dem Schluss, dass die Juden zu Fulda „völlig unschuldig" seien. Er lässt das in einer Urkunde festhalten, auch mit den Worten: „Weder im Alten noch im Neuen Testament ist zu finden, dass die Juden nach Menschenblut begierig wären. Im Gegenteil, sie hüten sich vor der Befleckung durch jegliches Blut."

Dieses Urteil wird allerdings erst im Juli 1236 gefällt. Zu dem Zeitpunkt sind Samuel, Eleasar, Rachel, und die anderen schon seit einem halben Jahr tot. Die Täter dieses Verbrechens wurden dafür nie zur Rechenschaft gezogen. Mehr noch: Es ist nicht einmal klar, wer genau für den Pogrom verantwortlich ist, ob es die Fuldaer Bürgerschaft war oder Kreuzzügler, die sich mit diesem Verbrechen einen Namen machen wollten.

Die Fuldaer wollen erwirken, dass der Kaiser die Juden bestraft. Der reagiert allerdings anders als erwartet und lässt den Vorfall untersuchen.

Juli 1236

Urteil des Kaisers

In einer Urkunde vom Juli 1236 betont Kaiser Friedrich II. die Unschuld der Fuldaer Juden. Außerdem verbietet er es, sie des Ritualmordes zu bezichtigen.

25. September 1253

Der Papst mischt sich ein

Papst Innocenz IV. schreibt in einer Bulle: „Wir verbieten es jedermann, den Juden den Gebrauch von Menschenblut in ihrem Ritus nachzusagen (...). Da man in Fulda und in einer Reihe von anderen Städten unter dieser Beschuldigung viele Juden getötet hat, verbieten wir andurch strengstens für die Folgezeit ähnliche Vorkommnisse."

Einer der Täter wird im April 2004 in den Gerichtssaal geführt.

Einsamer Tod

MORD

1999 wird Karola Schmidt überfallen und sterbend zurückgelassen.

Die 89-Jährige hat oft Einbrecher in ihrem Haus am Frauenberg in Fulda. Die letzten überlebt sie nicht.

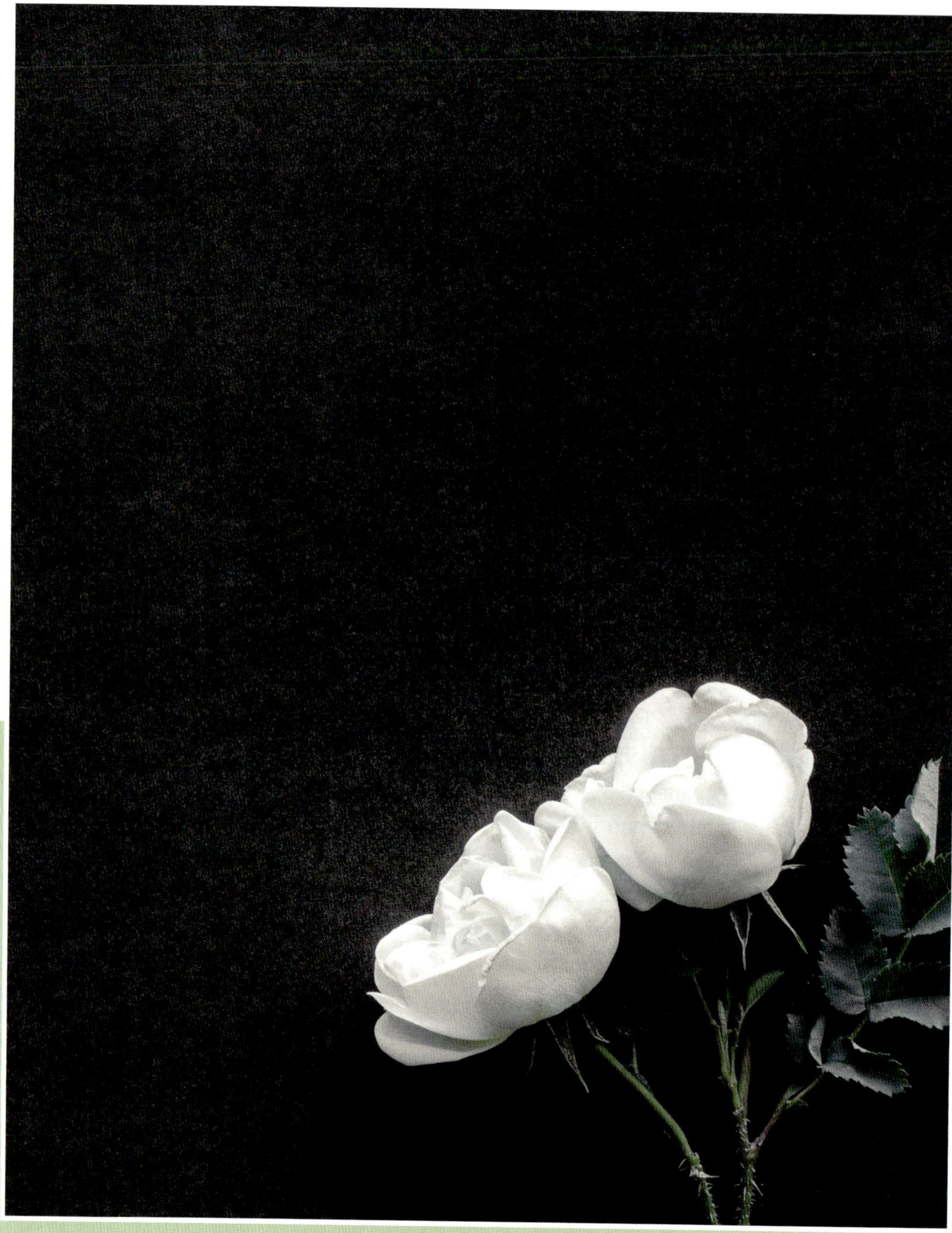

Helga Frings, Silvia de Vlaeminck und Peter T.
gelten seit Jahren als vermisst.

Spurlos verschwunden

Ist es Suizid? Ein Verbrechen? Oder lebt der Vermisste irgendwo? Für Angehörige sind das quälende Fragen.

Hintergrund

Ein Großteil der Vermisstenfälle klärt sich schnell auf. 2015 wurden bundesweit 41.809 Jugendliche im Alter zwischen 14 und 17 Jahren als vermisst gemeldet. Davon sind bis zum März 2020 exakt 41.653 Fälle aufgeklärt worden. Viele der vermissten Jugendlichen sind Ausreißer, die mitunter mehrfach verschwinden. Auch unbegleitete minderjährige Flüchtlinge fließen in die Statistik mit ein, ebenso wie Fälle von Kindesentziehung. Häufig ist dabei ein Streit um das Sorgerecht Auslöser für solche Kindesentziehungen. Diese Fälle werden als Vermisstenfälle erfasst, solange eine Gefahr für das Kind nicht ausgeschlossen werden kann. Die Vermisstenstelle des Bundeskriminalamts beschäftigt sich mit der Fahndung nach vermissten Personen, der Identifizierung von unbekannten Leichen und unbekannten hilflosen Personen. Eine Vermissten-Fahndung wird eingeleitet, wenn eine Person ihren gewohnten Lebenskreis verlassen hat, ihr Aufenthaltsort unbekannt ist und eine Gefahr für Leib oder Leben angenommen werden kann. Das gilt für Erwachsene. Bei vermissten Minderjährigen wird die Fahndung sofort eingeleitet, weil generell angenommen wird, dass eine Gefahr für Leib und Leben besteht.

Quelle: Bundeskriminalamt

Tag des Verschwindens sucht Bernd Frings das gesamte Gelände ab und meldet seine Frau als vermisst. Die Polizei befragt daraufhin Familie, Nachbarn und Mitarbeiter. Speichermedien wie Computer und Handy werden ausgewertet. Mit Spürhunden und Tauchern wird nach der 63- Jährigen gesucht. Vergeblich. Auch eine Öffentlichkeitsfahndung bringt die Ermittlungen nicht weiter. Es gibt weder ungewöhnliche Kontobewegung noch eine Lösegeldforderung oder einen Abschiedsbrief.

„Aktuelle Ermittlungen laufen derzeit keine. Da weder eine Gewalttat noch ein freiwilliges Verschwinden oder ein Suizid ausgeschlossen werden können, ist das Verfahren allerdings natürlich noch offen", erklärt Dr. Christine Seban, Pressesprecherin der Staatsanwaltschaft Fulda.

An Suizid glaubt Bernd Frings nicht. „Man hätte sie ja dann irgendwann gefunden." Immer, wenn er hört, dass irgendwo ein unbekannter Toter auftaucht, wird der 65-Jährige hellhörig. „Diese Ungewissheit ist quälend. Man kann nicht abschließen. Dass der Alltag weitergeht, hilft. Aber wenn ich alleine bin, dann kommen die Gedanken", sagt Frings.

Auch in der Pfarrgemeinde in Bachrain ist Helga Frings nicht vergessen. Jahrelang war sie Mitglied. „Sie fehlt. Wir haben sie sehr geschätzt, ihre leutselige Art. Sie konnte gut auf Menschen zugehen und war furchtlos. Sie war auch bei der Organisation und Durchführung der Seniorennachmittage immer mit dabei", erinnert sich Pfarrer Jürgen Klein. Als er hörte, dass die 63-Jährige verschwunden ist, konnte er es nicht fassen. „Sehr viele Leute haben daraufhin im näheren Umfeld beim Suchen geholfen."

Kurz darauf sei das Pfarrfest geplant gewesen. „Das haben wir abgesagt. Wir hätten alle keine Kraft und Freude gehabt, zu feiern", erklärt Klein und sagt, dass am Jahrestag des Verschwindens in der Kirche für Helga Frings und ihre Familie gebetet wurde. „Sie ist nicht vergessen."

Der Fall
Silvia de Vlaeminck

Fulda

Susanna O. kann sich noch gut an ihre beste Freundin Silvia de Vlaeminck erinnern, die seit 40 Jahren verschwunden ist. 1983 sind die beiden elf und gehen gemeinsam zur Grundschule.

„Wir hingen fast jeden Tag zusammen und vertrödelten gern unsere Zeit. Silvias Mutter hat viel gearbeitet, da waren wir oft bei ihr zu Hause, weil sie sturmfrei hatte", sagt Susan-

Silvia de Vlaeminck aus Fulda wird seit 23. Juli 1983 vermisst.

Vermissten-zahlen

8044
Vermisstenfälle waren am 1. März 2021 bei der Polizei in Deutschland registriert. Hierbei wird nicht differenziert zwischen Personen, die über Jahre vermisst sind und Vermisstenfällen, die sich nach wenigen Tagen wieder aufklären.

200 bis 300
Fahndungen werden jeden Tag neu erfasst und auch gelöscht. Laut BKA erledigen sich 50 Prozent der Vermisstenfälle innerhalb der ersten Wochen.

3
Prozent beträgt der Anteil der Personen, die länger als ein Jahr vermisst werden.

2/3
aller Vermissten sind männlich.

50
Prozent aller Vermissten sind Kinder und Jugendliche.

6171
Vermisstenfälle wurden laut LKA in Hessen bis Ende 2020 registriert. Vor allem wurden weibliche Jugendliche als vermisst gemeldet.

Die Verteidiger Dr. Sebastian Cobler (links) und Dr. Jürgen Fischer sind glücklich nach dem Freispruch ihres Mandanten.

Drei Tote und Kein Schuldspruch

Der Vorsitzende Richter Klaus Bormuth.

Familie W. wird in einer Februarnacht 1985 fast komplett ausgelöscht.

In Volkartshain ist Fasching, als sich der Mörder ins Haus der Familie schleicht. Ein Mann kommt nach der Tat in U-Haft. Doch der Prozess endet mit einem Freispruch.

Chronik des Falls

16. Februar 1985

Das Verbrechen am Fastnachtssamstag

Etwa um Mitternacht werden die 77-jährige Großmutter Auguste, die 46-jährige Marie und die elfjährige Annette in Volkartshain umgebracht. Der Täter durchwühlt das ganze Haus. Die Polizei vermutet, dass die 20.000 DM, die die Familie durch einen Traktorverkauf erhalten hat, der Hintergrund der Tat sind.

19. Februar 1985

20.000 DM im Schreibtisch

Das Geld aus dem Traktorverkauf wird in einem Schreibtisch im Haus der Familie gefunden. Diesen Raum hatte der Täter nicht durchsucht.

5. März 1985

Tatverdächtiger wird festgenommen

Nachdem der 22-jährige Verlobte der einen Tochter kurz nach der Tat bereits einmal festgenommen wurde, kommt er am 5. März 1985 in Untersuchungshaft, weil er als dringend tatverdächtig gilt. In der Vernehmung legt er ein Teilgeständnis ab, das er später widerruft.

Während im Ort Fasching gefeiert wird, passiert in Volkartshain im Vogelsberg 1985 ein grausames Verbrechen: Der Täter bringt fast eine ganze Familie um. Bis heute sind die Morde an Auguste, Marie und Annette W. ungesühnt.

Im Fernsehen läuft „Mainz bleibt Mainz, wie es singt und lacht". Es ist Fastnachtssamstag. Der Volkartshainer Tischtennisverein feiert an diesem Abend, dem 16. Februar 1985, seine Faschingsparty. Auch die elfjährige Annette ist auf der Feier. Gegen zehn Uhr geht sie nach Hause. Zwei Stunden später ist sie tot. Genau wie ihre Mutter und ihre Großmutter.

Der Täter kommt gegen Mitternacht in das Haus der Familie. Zunächst wird die 77 Jahre alte Großmutter Auguste mit einem Knüppel niedergeschlagen und mit mehreren Stichen in den Hals getötet. Auch die 46-jährige Marie wird so im Wohnzimmer ermordet. Die elfjährige Annette ist womöglich Zeugin, kommt hinzu und flieht in ihr Zimmer. Dort wird sie von dem Mörder überwältigt und ebenfalls in Hals, Beine und Brust gestochen. Alle drei Opfer verbluten.

Am nächsten Morgen schreit das Vieh, und die Haustür steht offen. Nachbar Rudolph Peppel geht zusammen mit einem anderen Dorfbewohner nachsehen: „Das Bild habe ich bis heute nicht vergessen. Die beiden Frauen lagen im Zimmer, Arme und Beine weit ausgestreckt", erinnert sich der Volkartshainer. Alle Schränke seien durchwühlt worden. Schnell kommt eine Vermutung auf: Das Motiv ist Geld. Denn die Familie wollte nach dem Tod des Ehemannes von Marie im Herbst 1984 die Landwirtschaft aufgeben. Kurz vor den Morden wurde ein Traktor verkauft. Dafür gab es 20.000 DM.

Die Polizei geht davon aus, dass der Täter von diesem Umstand wusste und die Familie gekannt haben muss. Bereits zwei Tage nach dem Verbrechen wird ein 22-Jähriger festgenommen, der zu dem Zeitpunkt mit der Schwester von Marie verlobt ist. Er ist es auch, der später für die Taten angeklagt wird.

Doch erst einmal lässt ihn die Polizei wieder laufen, weil kein dringender Tatverdacht besteht. Auch das Geld wird im Haus gefunden - im Schreibtisch eines Zimmers, das der Täter nicht durchwühlt hat.

Der Angeklagte war 22 Jahre alt, als das Verbrechen passierte.

Wenn meine Füße dort waren, muss ich auch dort gewesen sein.

Angeklagter in einer Vernehmung

In Untersuchungshaft kommt der 22-Jährige dann am 5. März 1985. Es wurden Fußspuren gefunden, die auf ihn passen könnten. Bei den Vernehmungen legt der junge Mann ein Teilgeständnis ab und erklärt: „Wenn meine Füße dort waren, muss ich auch dort gewesen sein." Diese Aussage widerruft er beim Prozess, der Ende 1985 beginnt. Als Strafverteidiger hat er die beiden Frankfurter Rechtsanwälte Dr. Sebastian Cobler und Dr. Jürgen Fischer, die es fertigbringen, dass ihr Mandant am Ende freigesprochen wird. Nach zwei Jahren Verhandlung.

Zu Beginn dieses Mammutprozesses sieht es jedoch nicht gut aus für den jungen Mann: Faserspuren sprechen gegen ihn. Ebenso das Teilgeständnis. Der Abdruck eines bestrumpften Fußes passt zu ihm. Außerdem hatte er nach dem Verbrechen Blut an den Füßen, das zeigt eine sogenannte Benzidinprobe. All diese Hinweise werden jedoch durch Gegengutachten und Beweisanträge der Verteidigung in Zweifel gezogen: Das Blut an den Füßen kann von ihm selbst stammen. Mit diesem sehr sensiblen Verfahren seien womöglich kleine Wunden an den Füßen nachgewiesen worden, die bei Schweißfüßen nicht ungewöhnlich seien. Und dass es sich um das Blut der Opfer gehandelt hat, zeigte die Probe nicht. Das Teilgeständnis habe er unter großem Druck abgeliefert. Und die Fußspur

10. Dezember 1985

Die Anklage wird zugelassen

Einer der längsten Prozesse am Landgericht Fulda beginnt. Vorsitzender Richter ist Klaus Bormuth.

1. Dezember 1987

Staatsanwalt fordert lebenslänglich

Nach fast zwei Jahren geht der Prozess in die finale Runde. Staatsanwalt Rudolph Ferdinand Matzke fordert eine lebenslange Haftstrafe. Er sieht es als erwiesen an, dass der Angeklagte zunächst das Feuerwehrfest seines Heimatortes besucht und danach zum Haus der Familie W. gefahren ist.

könnte auch von den Polizisten stammen, die den Tatort in Strümpfen untersucht haben. Hinzu kommt, dass ein Sachverständiger wegen Befangenheit aus dem Verfahren rausgenommen wird. Stück für Stück bröckelt die Anklageschrift.

Oberstaatsanwalt Rudolph Ferdinand Matzke fordert am Ende dennoch lebenslänglich. Auch viele Beobachter im Publikum sind von der Schuld des Angeklagten überzeugt. Die Verteidigung plädiert auf Freispruch. Und so kommt es auch: Im Zweifel für den Angeklagten. In seinem Urteil führt der Vorsitzende Richter Klaus Bormuth verschiedene Punkte an: das Fehlen von Tatwerkzeugen und blutigen Kleidungsstücken sowie Blutspuren in dem Fahrzeug, mit dem der Angeklagte gefahren sein soll.

Viele Jahre ist das Verbrechen in dem 130-Seelen-Ort her. Nie wurde ein Täter für den Dreifachmord schuldig gesprochen. Die Tat bleibt ungesühnt. Rudolph Peppel hat die Tage im Februar 1985 nie vergessen. Auch später noch sei es ihm „eiskalt den Rücken herunter gelaufen", wenn er nachts raus musste und das Gehöft der Familie anblickte.

11. Dezember 1987

Sieben Stunden Plädoyer

Die beiden Verteidiger aus Frankfurt, Dr. Sebastian Cobler und Dr. Jürgen Fischer, plädieren zusammen sieben Stunden lang. Beide fordern einen Freispruch.

22. Dezember 1987

Das Urteil

Der Angeklagte wird freigesprochen. Laut Kammer gebe es zu viele Zweifel an der Täterschaft. So fehlt laut Richter Klaus Bormuth beispielsweise ein Motiv. Der Angeklagte war zweieinhalb Jahre in U-Haft. In dieser Zeit wurde die Verlobung mit der Tochter der Familie wieder gelöst.

Der Fall in Zahlen

80

Hauptverhandlungstage gab es in dem Prozess.

12

Gutachter wurden insgesamt beauftragt: vier für Fußspuren, drei Sachverständige für Reifen, drei für die Todeszeit und zwei weitere für den Aspekt Schuldfähigkeit.

2,5

Jahre saß der Angeklagte in Untersuchungshaft.

„Das Urteil war absolut richtig"

Richterin Birgit Lange-Klepsch über den Angeklagten und den Prozess am Landgericht Fulda

Birgit Lange-Klepsch war bei dem Mordprozess neben Klaus Bormuth und Dr. Martin Geffert Richterin der Kammer am Landgericht Fulda. Lange-Klepsch ist überzeugt, dass das Urteil damals richtig war.

Haben Sie den Prozess noch in Erinnerung?

Wenn ich mich daran nicht erinnern würde... Damals habe ich die Strafprozessordnung rauf und runter gelernt.

Was war an dem Fall besonders?

Es war zunächst eine recht eindeutige Anklageschrift. Im Laufe des Verfahrens haben sich aber so viele Dinge aufgetan, wie ich es selten in einem Prozess erlebt habe. Die Verteidiger haben exzellente Arbeit geleistet, Beweisanträge gestellt und Gegengutachten eingefordert mit Begründungen, denen man nachgehen musste.

Was waren das für Dinge?

Es gab zum Beispiel ein Fußgutachten. Man hatte am Tatort den Abdruck eines bestrumpften Fußes gefunden. Die Verteidigung fragte die Polizisten, ob der Abdruck nicht auch von ihnen stammen könnte. Sie verneinten das, weil sie Schuhe angehabt hätten. Letztlich legten die Verteidiger eines von vielen Lichtbildern, die am Tatort aufgenommen wurden, vor, auf dem ein bestrumpfter Fuß zu sehen war.

Was heißt das?

Es war richtig, dass die Beamten ihre von Schneematsch durchnässten Schuhe auszogen, um keine der vielen Spuren im Tathaus zu kontaminieren beziehungsweise zu zertreten. Aber damit konnte nicht mehr ausgeschlossen werden, dass der Fußabdruck womöglich von jemand anderem und nicht vom Angeklagten stammt.

Richterin Birgit Lange-Klepsch war von 1984 bis 1992 am Landgericht Fulda.

Wie ist man überhaupt auf den Angeklagten gekommen?

Er war mit einer Tochter der Familie verlobt. Soweit ich mich erinnere, baute er ein Haus, und das Geld war knapp. Die Familie hatte gerade einen Traktor verkauft und dabei 20.000 DM bekommen. Als Motiv nahm man an, dass er sich dieses Geld beschaffen wollte.

Wie wirkte er im Prozess auf Sie?

Er hat wenig gesagt und wirkte betroffen. Er widerrief seine vorherige Aussage und betonte, dass er unschuldig sei.

Was war die Aussage?

Es war eine Art Teilgeständnis, wo er einräumte, an dem Abend im Haus gewesen zu sein. Allerdings konnte später in der Hauptverhandlung nicht ausgeschlossen werden, dass die Polizei bei der Vernehmung unzulässigen Druck ausgeübt hatte. Er wurde letztlich freigesprochen.

War das Urteil richtig?

Ich halte das Urteil für absolut richtig. Es gab Zweifel, und wenn es Zweifel gibt, muss man freisprechen.

Der Dreifachmord bleibt damit ungesühnt. Niemand wurde dafür jemals schuldig gesprochen, wie geht es Ihnen damit?

Ein solches Urteil ist die logische Konsequenz aus dem Zweifelsatz. Es war die gesetzmäßig richtige Entscheidung. Mit einem Fehlurteil würde man einen unschuldigen Menschen lebenslang wegsperren.

Der idyllische Ort Sassen ist im Juni 2015 Schauplatz eines Verbrechens: Markus Würth, der hier seit Jahren lebt, wird entführt.

Die Stimme des Entführers

Die Ermittlungen dauern mehrere Jahre. Ein Serbe (links) wird beschuldigt, an der Entführung beteiligt gewesen zu sein. Doch das ist ihm nicht nachzuweisen. Das Foto zeigt den Mann mit seinem Verteidiger Alois Kovač kurz nach dem Freispruch Ende 2018.

Der geistig behinderte Markus Würth wird 2015 entführt und ist eine Nacht in den Händen von Erpressern.

Das Lösegeld hat die Milliardärsfamilie Würth besorgt, als die Entführer die Übergabe plötzlich abblasen und das Opfer freilassen. Die Ermittler haben einen wichtigen Hinweis: die Stimme eines Täters auf Band.

Chronik des Falls

17. Juni 2015

Die Entführung

Markus Würth, der auf dem Hofgut Sassen lebt, wird entführt. Er ist geistig behindert und Sohn von Schraubenmilliardär Reinhold Würth. Der oder die Täter fordern ein Lösegeld in Millionenhöhe.

18. Juni 2015

Die Freilassung

In der Nacht erhält die Polizei einen Hinweis, wo das Entführungsopfer sich befindet. Frühmorgens wird Würth gefesselt in einem Waldstück bei Würzburg gefunden.

19. Juni 2015

Die Ermittlungen

Die 30-köpfige Sonderkommission „Hof" wird eingerichtet.

15. Juli 2015

Der Fall im TV

Der Fall wird bei „Aktenzeichen XY" gezeigt. Ein Telefonmitschnitt der Stimme des Entführers wird veröffentlicht. 200 Hinweise gehen ein.

Es ist ein Kriminalfall mit glücklichem Ausgang. Doch die Entführung von Markus Würth ist auch ein Fall, der bis heute nicht geklärt wurde. Und es ist eine Geschichte über die Frage, wie viel Beweiswert die Stimme hat. Die Geschichte beginnt auf einem Hofgut im beschaulichen Sassen bei Schlitz.

Vor dem Gesindehaus plätschert ein Brunnen. Der Wind bläst durch die Blätter der riesigen Birke, die im Innenhof des fast 300 Jahre alten Guts steht. Die Nacht war für Mitte Juni sehr kalt. Auch jetzt an diesem Mittwochmittag des 17. Juni 2015 klettern die Temperaturen kaum über die 15-Grad-Marke.

Der Ort mit den hübschen Fachwerkhäusern wirkt fast ein wenig aus der Zeit gefallen. Ein Bullerbü fernab von Hektik und Stress, wo Rudolf Steiners Anthroposophie Grundlage für das Zusammenleben ist. Im Juni 2015 wohnen hier in Sassen rund 250 Menschen mit Behinderung, die in Großfamilien betreut werden. Einer der Dörfler, wie die Bewohner genannt werden, ist Markus Würth, der Sohn von Schraubenmilliardär Reinhold Würth. Der 50-jährige Markus lebt zu dem Zeitpunkt seit 31 Jahren in Sassen. Und seit vielen Jahren hat er die gleiche Routine: Morgens ist er in der Keramikwerkstatt, nachmittags in der Gärtnerei. Die Pause verbringt er in der Hausfamilie. Doch an diesem Tag sitzt er nicht am Mittagstisch. Kurz vorher muss er seinen Entführern begegnet sein. „Zum Mittagessen kam er stets pünktlich. Und er ging immer einen ganz bestimmten Weg. Davon wich er nicht ab", erinnert sich der Hausvater. Daher sei auch schnell klar gewesen, dass etwas passiert sein musste.

Und das bestätigt sich wenige Stunden später, als die Täter mit einer List an die Handynummer von Carmen Würth kommen und so Kontakt zur Familie aufnehmen. Einer der Entführer meldet sich als „Dr. Hassan aus Fulda" im Hotel Anne Sophie in Künzelsau, das den Würths gehört. Markus Würth habe sich schwer verletzt und sei im Krankenhaus. Daraufhin geben die Angestellten die Nummer raus. Zu dem Zeitpunkt sind Reinhold und Carmen Würth auf einer Geschäftsreise in Griechenland.

Vor Gericht erinnert sich Carmen Würth sehr genau an den Tag: „Der Anrufer erklärte, dass er unseren Sohn entführt hat. Ich sagte, dass er den Bub doch laufen lassen soll, dass er behin-

Carmen Würth (links) hat mit den Entführern die Lösegeldübergabe verhandelt. Auch im Prozess sagt sie aus. Das Foto zeigt sie mit ihrer Anwältin Manuela Lützenkirchen.

dert ist und ihm doch gar nichts tun kann." Die Lösegeldsumme von drei Millionen Euro habe sie verwundert: „Ich dachte, jetzt kommt eine riesige Forderung", sagt Würth. Sie sei freundlich geblieben. Auch im Prozess spricht die Seniorin mit fester Stimme und ohne jeden Groll. Der Täter habe erklärt, dass er das Geld brauche, weil er sehr krank sei. „Und er sagte, wenn er stirbt, dann stirbt Markus mit ihm." Die Würths brechen die Reise sofort ab, fliegen zurück und organisieren das Geld.

Es ist 15.41 Uhr, etwa drei Stunden nach der Entführung, als die Täter das erste Mal anrufen. Es folgen danach immer wieder Telefonate, auch per Mail geben die Entführer Anweisungen, wie und wo das Geld übergeben werden soll. Eine Forderung ist zum Beispiel, dass das Auto der Würths mit einer auffälligen Farbe besprüht werden soll und dass das Lösegeld an einer Autobahn in Richtung Köln nach einer spontanen Aufforderung über die Leitplanke geworfen wird. Dann wiederum sagen die Täter die Übergabe ab. „Ich wollte wissen, ob sie das Geld nicht haben wollten. Daraufhin schien er zu lächeln und fragte, ob ich es ihm schenken möchte", erinnert sich Carmen Würth. Es kommt nicht zur Übergabe, wie die Polizei später immer wieder betonen wird. Trotzdem werden Carmen Würth die Koordinaten

13. November 2016

Die Familie spricht

Reinhold Würth äußert sich erstmals öffentlich und gibt bekannt, dass sein Sohn nicht mehr in der Einrichtung in Sassen wohnt.

April 2017

Erneuter Erpressungsversuch

Täter drohen, Markus Würth erneut zu entführen und fordern 70 Millionen Euro in Kryptowährung.

26. April 2017

Eine hohe Belohnung

Der Fall ist noch einmal Thema bei „Aktenzeichen XY". Es wird eine Belohnung von 30.000 Euro ausgesetzt.

14. März 2018

Die Festnahme

Die Polizei nimmt einen Tatverdächtigen fest. Er ist 48 Jahre alt, Serbe und kommt aus Offenbach.

21. Juni 2018

Die Anklage

Die Staatsanwaltschaft Gießen erhebt Anklage wegen erpresserischen Menschenraubes.

11. September 2018

Prozessauftakt

Der Prozess gegen den 48-Jährigen wird am Landgericht Gießen eröffnet.

September bis November 2018

Der Prozess

An den acht Prozesstagen werden verschiedene Zeugen gehört. Unter anderem schildert Carmen Würth, die Mutter des Opfers, wie sie mit den Entführern telefoniert hat.

Die Plädoyers

Die Staatsanwaltschaft fordert dreieinhalb Jahre, die Verteidigung plädiert auf Freispruch.

27. November 2018

Das Urteil

Der Angeklagte wird freigesprochen. Weil in Deutschland das Verbot der sogenannten Doppelverfolgung gilt, wird in diesem Entführungsfall auch nicht mehr gegen ihn ermittelt werden.

Ich sagte, dass er den Bub doch laufen lassen soll, dass er behindert ist und ihm doch gar nichts tun kann.

Carmen Würth, Mutter

genannt, wo sich ihr Sohn befindet. Es ist eine Stelle im Wald bei Würzburg, 130 Kilometer von Sassen entfernt.

In den Morgenstunden des 18. Juni wird der 50-Jährige genau dort an einen Baum gefesselt aufgefunden. Frierend und hungrig, aber unverletzt. Was Markus Würth, der seit einem Impfschaden in frühester Kindheit geistig behindert ist, mitbekommen hat, ist nicht sicher. Seine Mutter beschreibt ihn als freundlichen, neugierigen und aufgeschlossenen Mann, der eine gute Beobachtungsgabe habe und sich meist mit Gesten verständige. Vor Gericht wird er nicht aussagen, auch wenn die Möglichkeit von der Staatsanwaltschaft in Betracht gezogen wird.

Es ist der 11. September 2018. Prozessauftakt am Landgericht Gießen. Nach jahrelanger Ermittlungsarbeit hat die Polizei einen Verdächtigen festgenommen, der nun wegen erpresserischen Menschenraubs angeklagt ist. Der 48-jährige Serbe lebt in Offenbach. Seine Augen sind freundlich und schauen etwas schüchtern zu den vielen Medienvertretern, die gekommen sind. Die Polizei geht nicht davon aus, dass er die Tat alleine ausgeübt hat, ist sich aber sicher, zumindest einen der Täter geschnappt zu haben. Hauptbeweismittel: die Aufzeichnung der Stimme. Eine Frau aus Frankfurt, bei der der Angeklagte als Handwerker gearbeitet hat, will ihn in dem Mitschnitt erkannt haben.

Um den Fall aufzuklären, wurde eine 30-köpfige Sonderkommission eingerichtet.

Doch auch wenn der Beschuldigte den Ermittlern viel erzählt, zugeben wird er die Tat nicht. „Es tut mir leid, was dieser Familie passiert ist, aber es stimmt nicht", erklärt der Familienvater, der in einem Dorf im ehemaligen Jugoslawien aufwuchs. 1994 kam er nach Deutschland, weil er vor dem Kosovo-Krieg geflüchtet war. Vor Gericht wirkt er auskunftsfreudig. So hat ihn auch der damalige Kripo-Chef Daniel Muth in Erinnerung: „Er kann gut mit Menschen umgehen, wirkt warmherzig. Wir gehen davon aus, dass Markus Würth damals gerade wegen dieser vertrauenswürdigen Art mit ihm gegangen sein könnte", beschreibt er in einem Interview.

Neben Funkzellendaten, die darauf hindeuten, dass der Anrufer im Rhein-Main-Gebiet leben muss, präsentiert die Staatsanwaltschaft noch weitere Indizien: So wurde bei einer Durchsuchung der Wohnung des Angeklagten eine Gliederkette gefunden, die ähnlich der Kette war, mit der Markus Würth an den Baum gefesselt wurde. Auch gebe es Parallelen bei Formulierungen. Und die Ermittler sehen ein Motiv: Geldsorgen. Der Angeklagte neige zum Glücksspiel. Immer wieder seien Mahnbescheide bei dem Beschuldigten aufgelaufen. Doch das stärkste Beweismittel soll ein Stimmgutachten der Universität Marburg sein. Experten kommen zu dem Ergebnis, dass die Aufnahmen aus der Telefonüberwachung des Angeklagten und die Mitschnitte der Erpresseranrufe mit „an Sicherheit grenzender Wahrscheinlichkeit" vom selben Sprecher stammen.

Es ist das erste Mal, dass ein Verfahren auf einem Stimmgutachten beruht. Und anders als zum Beispiel bei der DNA gibt es keine Erfahrungswerte, wie wahrscheinlich es ist, dass es eine weitere Stimme gibt, die sich genauso anhört.

Für das Gericht unter Vorsitz von Richter Jost Holtzmann bleiben daher Zweifel an der Schuld des Offenbachers. Bei der Urteilsverkündung am 27. November 2018 erklärt der Richter: „Der bloße Gleichklang genügt nicht zur Identifikationsfindung, so lange nicht sicher ist, dass die Stimmgebung einzigartig ist. Die Stimme ist lebendig und kann sich im Laufe des Lebens verändern. Sie ist nicht statisch wie ein Fingerabdruck oder die DNA einer Person." Der Angeklagte wird freigesprochen. Nach acht Monaten in Untersuchungshaft erhält er eine Entschädigung

Er kann gut mit Menschen umgehen, wirkt warmherzig. Wir gehen davon aus, dass Markus Würth damals gerade wegen dieser vertrauenswürdigen Art mit ihm gegangen sein könnte.

Daniel Muth,
früherer Kripo-Chef
in Fulda

und darf an diesem Nachmittag wieder zurück zu seiner Familie. Seine Frau, die den Prozess verfolgt hat, weint vor Freude.

Staatsanwaltschaft und Nebenklage gehen in Revision. „Wir wollen prüfen lassen, welcher Beweiswert einem Stimmgutachten zugesprochen werden kann", erklärt Thomas Hauburger, Sprecher der Staatsanwaltschaft Gießen, kurz nach der Urteilsverkündung. Doch eineinhalb Jahre später wird der Freispruch rechtskräftig, nachdem der Bundesgerichtshof die Revision verworfen hat.

Der frühere Beschuldigte lebt noch in Offenbach, seine Kinder sind inzwischen erwachsen. Markus Würth ist nicht mehr in Sassen. Den Wohnort hält die Familie geheim. Die Ermittlungen gehen weiter: „Die Akte ist nicht weggelegt, wir suchen den Täter weiterhin", sagt Hauburger.

Und es wurden auch DNA-Spuren gesichert, die bisher keiner Person zugeordnet werden konnten. Wer weiß: Manchmal hilft Kommissar Zufall, solche Fälle zu klären.

„Er kann es nicht gewesen sein"

Rechtsanwalt Alois Kovač ist von der Unschuld seines Mandanten überzeugt

Ich bin mit Haut und Haaren von seiner Unschuld überzeugt.

Alois Kovač, Anwalt

Herr Kovač, Sie haben mit Ihrem Kollegen Stefan Bonn den Angeklagten verteidigt: Wie haben Sie den Prozess erlebt?

Mein Mandant hat mir von Anfang an gesagt: Ich war es nicht. Und wenn man ihn kennt, dann glaubt man das auch. Er ist eher ein einfacher Mann, der mit E-Mails nicht viel anfangen kann.

Die Ermittler waren sich sehr sicher, den Richtigen zu haben. Warum sind Sie so überzeugt, dass er es nicht war?

Ich bin mit Haut und Haaren von seiner Unschuld überzeugt. Ich habe ihn in den Monaten, in denen er in U-Haft war, fast wöchentlich besucht. Ich bin seit über 20 Jahren Strafverteidiger. Man macht sich ein Bild von seinen Mandanten. Er kann es nicht gewesen sein.

Warum nicht?
Wie er sich ausdrückt, das passt nicht ins Bild. Die Täter haben sich zwei Jahre nach der Entführung noch einmal gemeldet und von Kryptowährung gesprochen. Mein Mandant kann nicht einmal mit dem PC umgehen. Er ist Handwerker, selbst die Rechnungen lässt er sich von seiner Tochter schreiben. Außerdem gibt es Tankrechnungen von dem 17. Juni 2015, die zeigen, dass er nicht am Tatort war.

Es gibt Mitschnitte der Erpresseranrufe. Ein Sprachgutachten kam zu dem Ergebnis, dass diese sich so anhören wie die Stimme Ihres Mandanten.
Im Urteil kam das Gericht zu dem Entschluss, dass das Gutachten nicht ausreicht, weil die Sprache sich verändert. Wenn ich mir das anhöre, dann komme ich zu einem anderen Täterprofil. Meiner Meinung nach hört sich die Aufnahme nach einem Täter mit ukrainischer oder russischer Sprachfärbung an.

Welche Bedeutung hat der Fall für Sie persönlich?
Es ist selten, dass man als Verteidiger mit so einem medialen Interesse konfrontiert wird, und es ist oft auch nicht hilfreich. Stefan Bonn und ich haben daher die eiserne Linie vertreten, keine Presseerklärungen abzugeben. Es war unsere oberste Priorität, den Mandanten zu schützen. Die Beweisaufnahme war anstrengend und erforderte viel Konzentration.

Wie geht es Ihrem Mandanten heute?
Was ich so höre, geht es ihm gut. Die Familie hat die lange Zeit der Trennung – er war ja mehr als acht Monate in Untersuchungshaft – gut überstanden. Für die Betroffenen ist die U-Haft ein großes Martyrium, bis der Prozess losgeht, bis ein Urteil fällt. Dann kam der Freispruch, aber Nebenklage und Staatsanwaltschaft sind nochmal in Revision gegangen. Das alles in zwei Instanzen durchzustehen, das braucht Kraft. Aber ich hoffe, dass er es gut verkraftet hat, gesund ist und auch wieder als Handwerker arbeitet.

Mein Mandant kann nicht einmal mit dem PC umgehen. Er ist Handwerker, selbst die Rechnungen lässt er sich von seiner Tochter schreiben.

Alois Kovač,
Anwalt

Der 59-jährige Taxifahrer Hans Plüschke ist am 15. März 1998 in der sogenannten Herbertsdelle zwischen Hünfeld und Rasdorf erschossen worden.

War es ein Fememord?

MORD

Der Taxifahrer Hans Plüschke kommt 1998 unter seltsamen Umständen ums Leben.

Um den Fall ranken sich viele Mythen. Eine Theorie: Die Stasi hat sich an Plüschke gerächt. Das glaubt auch seine Frau Ilse Plüschke.

Der Buchautor Herbert Böckel (links) bei einer Grenzstreife 1962 an der innerdeutschen Grenze zwischen Hessen und Thüringen. Das Foto entstand vor dem Grenzzwischenfall.

Chronik des Falls

9. August 1962

Flucht aus dem Osten

Die Grenzanlagen werden ausgebaut. DDR-Hauptmann Rudi Arnstadt beaufsichtigt die Arbeiten. Doch es kommt zu einer Flucht. Ein Soldat türmt mit einem sowjetischen Artillerieschlepper in den Westen, der kurz hinter der Grenze auf BRD-Gebiet stehengelassen wird.

14. August 1962, 11 Uhr

Patrouille

Hans Plüschke ist mit BGS-Hauptmann Lothar Meißner und einem anderen Kameraden auf Patrouille entlang der Grenze. Das DDR-Gebiet ragt hier bei Wiesenfeld wie eine Nase in die BRD hinein.

Der Gedenkstein für Rudi Arnstadt befindet sich am Ortsrand von Wiesenfeld, unweit der Grenze, an der er bei einer Auseinandersetzung mit dem BGS erschossen wurde.

Wenn Ilse Plüschke über den Morgen des 15. März 1998 spricht, wirkt sie müde. Es ist der Tag, an dem sich ihr Leben verändert hat, der Tag, an dem ihr Mann Hans Plüschke ermordet in der Nähe seines Taxis aufgefunden wird.

„Die Beamten kamen zusammen mit unserem Hausarzt zu mir. Ich dachte zuerst, dass mein Mann einen Unfall hatte. Als ich hörte, dass er erschossen wurde, war ich total geschockt", erinnert sie sich. Die Plüschkes haben Kinder und betreiben damals gemeinsam ein Taxiunternehmen. Ilse Plüschke steht nun alleine da. „Durch die viele Arbeit hatte ich kaum Zeit zum Trauern. Das bereue ich manchmal." Von allen Seiten sei sie damals auf den Fall angesprochen worden. Für sie war das besonders schwer: „Jeder fragte, ob ich weiß, wer es war", erzählt die Hünfelderin.

Doch das steht bis heute nicht fest. Dass der Mörder ihres Mannes seit Jahren frei herumläuft und nicht bestraft wurde, damit muss die Seniorin leben. „Ich kann nicht abschließen", sagt sie. Wer hinter dem Mord steckt, weiß sie nicht genau, aber sie hat einen Verdacht: die Stasi. Denn es gibt eine Vorgeschichte.

Es ist der 14. August 1962, mitten im Kalten Krieg. Ost und West sind bis auf die Zähne bewaffnet und stehen sich auch im Hünfelder Land gegenüber. Jeder kleinste Zwischenfall kann zum Krieg führen. Und an diesem Augusttag wäre es fast so weit.

Hans Plüschke ist BGS-Beamter und patrouilliert an dem Tag mit zwei anderen Männern, darunter sein Vorgesetzter Lothar Meißner, an der Grenzlinie zwischen Wiesenfeld in Setzelbach. 150 DDR-Soldaten sind gerade damit beschäftigt, auf DDR-Seite einen stabilen Zaun zu errichten. „Der Grenzverlauf war an der Stelle verworren, sprang hin und her", erinnert sich Herbert Böckel. Er war ebenfalls BGS-Beamter und ein Freund von Plüschke. 30 Meter stand er von ihm entfernt, als er hörte, wie DDR-Hauptmann Rudi Arnstadt plötzlich „Halt! Stehenbleiben!" schrie und ein Schuss zu hören war. „Hans Plüschke, der davon ausging, dass sein Vorgesetzter getroffen wurde, feuerte aus der Hüfte heraus zurück und traf den DDR-Hauptmann am rechten Auge. Der Schuss war tödlich. Danach brach eine Schießerei los", erinnert sich Böckel. Es ist der Punkt, an dem der Dritte Weltkrieg hätte ausbrechen können: „Wir hatten die Befürchtung, dass es los geht", erklärt er. Doch die Situation beruhigte sich.

Im Osten wird der Zwischenfall als Mord an Arnstadt dargestellt. Ein DDR-Gericht verurteilt den Todesschützen zu 25 Jahren Haft, allerdings namenlos, weil der BGS die Identität Plüschkes geheim hält. Arnstadt wird von der DDR-Führung zum Volkshelden stilisiert und auf einem Ehrenhain am Erfurter Hauptfriedhof beigesetzt. Es werden Gedenksteine errichtet, Schulen und Kulturhäuser nach ihm benannt.

Im Westen geht man davon aus, dass der damals 23 Jahre alte Plüschke aus Notwehr gehandelt hat, dass eventuell sogar ein Geiselnahmeversuch seitens der DDR dahinterstecken könnte. „Ich habe viele Jahre in dem Fall recherchiert und kann sagen: Es gibt eindeutige Hinweise, dass Arnstadt den BGS-Hauptmann Meißner entführen wollte", erklärt Böckel. Der Grund sei ein Vorfall, der sich einige Tage zuvor ereignet hatte. Ein Pionier der NVA war mit einem sowjetischen Artilleriefahrzeug in den Westen geflüchtet. Und weil der Osten dieses Fahrzeug wiederhaben wollte und sich Arnstadt zudem habe beweisen sollen, habe er Meißner festnehmen wollen.

Die Ermittlungen gegen Plüschke werden jedenfalls eingestellt. 1970 scheidet er aus dem BGS aus und gründet ein Taxiunternehmen in Hünfeld. Doch auch wenn sein neues Leben wenig mit dem alten zu tun hat: Die Angst, dass ihn die Vergangenheit einholen könnte und die Stasi sich rächt, bleibt. Stets führt er eine Waffe mit

Schüsse an der Grenze

Die Gruppe trifft auf DDR-Hauptmann Rudi Arnstadt, der sie auffordert stehen zu bleiben. Es kommt zu einem Schusswechsel. DDR-Grenzer feuern 30 bis 40 Schuss ab. Der BGS vier. Plüschke glaubt offenbar, dass sein Vorgesetzter getroffen ist und schießt ebenfalls. Arnstadt wird dabei tödlich verletzt.

15. August 1962

DDR-Propaganda

In der DDR wird Arnstadts Tod zu Propagandazwecken ausgeschmückt. SED-Mann Horst Sindemann verkündet den Tod im Fernsehen und erklärt, dass es ein „feiger Mord" gewesen sei, dass eine Kompanie des Bundesgrenzschutzes dauernd zur Grenze gegangen sei und die DDR-Posten provoziert habe. Der Westen stellt das Verfahren jedoch ein. Der Schütze habe aus Notwehr gehandelt. Plüschkes Name bleibt geheim.

August 1997

Plüschkes TV-Auftritt

Der Zwischenfall jährt sich zum 35. Mal. Im Hessenfernsehen bekennt sich Plüschke öffentlich in einem Interview zu dem Schuss.

15. März 1998, 4.10 Uhr

Plüschke wird erschossen

Hans Plüschke hat die letzten Taxifahrgäste nach Kirchhasel und Großenbach gefahren und trifft um kurz nach 4 Uhr auf seinen Mörder. Er wird auf der Bundesstraße 84 zwischen Hünfeld und Rasdorf tot aufgefunden. Sein Auto steht in der Herbertsdelle, Plüschkes Leichnam liegt 70 Meter entfernt.

Hans Plüschke wurde im März 1998 erschossen. War es die Rache der Stasi? Der Mörder konnte bis heute nicht ermittelt werden. Um den Fall ranken sich viele Mythen: Die gängigste Version ist die Theorie, dass die Stasi sich an Plüschke gerächt hat.

Eine große Beerdigung: Plüschke war in Hünfeld bekannt.

sich. Er sei immer davon ausgegangen, dass er als Todesschütze in der DDR bekannt ist, erklärt Ilse Plüschke. Dass das BGS den Namen geheim hielt, wusste die Familie nicht. „Wenn uns das bekannt gewesen wäre, dann hätte er sich nie zu erkennen gegeben. Das war ein großer Fehler", sagt sie.

Zu erkennen gibt sich Hans Plüschke im Jahr 1997. Im Hessenfernsehen erklärt er öffentlich, den Schuss auf Arnstadt abgegeben zu haben. Seine Frau erzählt, dass ihn der Vorfall immer bedrückt habe. Dass er nach dem Interview Morddrohungen bekommt, verschweigt er ihr.

Dann kommt der 15. März 1998. Es sind sieben Monate nach dem Interview. Es ist eine regnerische Nacht, Plüschke hat Dienst und fährt um 3.40 Uhr die letzten Fahrgäste mit dem Taxi nach Kirchhasel und Großenbach. Was danach passiert, weiß nur der Täter. Doch die Ermittler können ziemlich genau feststellen, dass der Taxifahrer zwischen 4.02 und 4.07 Uhr ermordet wird. Mit einem Schuss ins rechte Auge - genau wie bei Arnstadt. Der Mord passiert ganz in der Nähe des damaligen Tatorts.

Das Taxi ist in die Senke der Herbertsdelle gerollt. Die Scheibe ist heruntergekurbelt. Die Fahrertür steht offen. In der Tür stecken die Geld-Einnahmen des Abends. Plüschkes Leichnam liegt 70 Meter entfernt, am Rand der Fahrbahn an der B84.

Als Herbert Böckel von dem Mord erfährt, denkt er sich: „Jetzt haben sie ihn doch noch erwischt." Böckel geht fest von einem Racheakt der Stasi aus. Dass Plüschkes Einnahmen nicht gestohlen wurden, ist für ihn ein deutliches Zeichen. „Ich bin überzeugt, dass alte Seilschaften der Stasi dahinter stecken, dass da irgendeine

Ich hoffe, dass ich die Aufklärung des Falls noch erleben darf.

Ilse Plüschke

Organisation oder Person gedeckt werden soll. Irgendwas ist da gelaufen, anders lässt es sich nicht erklären, dass die Staatsanwaltschaft wichtige Spuren nicht verfolgt hat", sagt Böckel.

Die Staatsanwaltschaft Fulda erklärt hingegen, dass in „alle Richtungen" ermittelt worden sei. Im Jahr 2014 sagt der damalige Oberstaatsanwalt Lars Streiberger auf Anfrage der „Fuldaer Zeitung", dass die Täter womöglich gestört worden sein könnten und das Geld deshalb nicht mitgenommen haben. „Wir sind jedem Hinweis nachgegangen. Belastbare Hinweise auf konkrete Personen ließen sich nicht feststellen."

Sogar ein ehemaliger Major namens Lothar Plüschke, der mit Hans Plüschke verwandt ist, ihn zu Lebzeiten aber nicht kannte, sei befragt worden. „Auch dabei sind nur Hypothesen rausgekommen, etwa, dass der Mord die Handschrift der Stasi trüge. Konkrete Anhaltspunkte auf Personen des MfS oder ehemalige Kameraden der Grenztruppen der DDR, die Arnstadt hätten rächen wollen, gab es nicht", sagt Streiberger. Es gebe hingegen verschiedene Gründe, die gegen die Stasi-Theorie sprechen: Niemand habe Plüschke vorher angerufen und zum Tatort gelockt. „Woher sollte der Täter wissen, wo Plüschke hinfährt? Spezialisten von der Stasi hätten das mit einem fingierten Anruf einfädeln können."

Streiberger geht davon aus, dass der Täter entweder zu Plüschke ins Auto gestiegen ist oder ihn auf der Straße angehalten hat. Die Polizei fahndete nach einem Mann mit einem Feuerzeug, der zur Tatzeit auf der Straße gesehen worden war. Gefunden wurde er nie. Auch richtete sich im Laufe der Ermittlungen ein Verdacht gegen eine Person, die sich später umgebracht hat. Weil gegen Tote nicht ermittelt werden darf, ging die Polizei dieser Spur nicht weiter nach.

Auch jetzt gebe es keine neuen Erkenntnisse, wie Dr. Christine Seban, Pressesprecherin der Staatsanwaltschaft Fulda, sagt. Nach der Veröffentlichung in der „Fuldaer Zeitung" im Jahr 2014 seien damals zwei Hinweise eingegangen. Die Hinweisgeber wurden vernommen. Daraus hätten sich aber letztlich keine weiteren Anhaltspunkte auf den Täter ergeben. Die Ermittlungen sind daher eingestellt worden. „Wenn es neue Ansätze gibt, könnten sie aber jederzeit wieder aufgenommen werden."

Ich bin überzeugt, dass alte Seilschaften der Stasi dahinter stecken, dass da irgendeine Organisation oder Person gedeckt werden soll.

Herbert Böckel, Buchautor und Freund von Plüschke

Herbert Böckel hat drei Bücher geschrieben, in denen er auch den Fall thematisiert.

Die JVA Hünfeld wurde 2005 bezogen. Insgesamt können hier bis zu 500 Häftlinge leben.

„Hier drin sind alle gleich“

Eine Zelle in der JVA Hünfeld.

Ein Häftling der JVA Hünfeld spricht über das Leben hinter Gittern.

Er führte ein Leben auf der Überholspur, doch irgendwann holten ihn seine Betrügereien ein.

Knast in Zahlen

18

Vollzugseinrichtungen gibt es in Hessen.

5800

Haftplätze sind insgesamt in Hessen verfügbar. Die Durchschnittsbelegung beträgt 4700 Gefangene.

2800

Bedienstete (darunter Juristen, Verwaltungsbeamte, Psychologen, Psychiater, Pfarrer und Sozialarbeiter) sind im Einsatz.

Quelle: Hessisches Ministerium der Justiz 2021

Eingesperrt sein, getrennt von der Familie und keine Möglichkeit, einfach mal in die Natur zu gehen oder schlicht etwas zu googeln: Gefängnis bedeutet Entbehrung. Ralf Müller (Name geändert) kennt dieses Gefühl. Der 54-Jährige ist im Frühjahr 2021 Häftling der JVA Hünfeld.

2019 bricht die Welt von Ralf Müller zusammen. Eine Welt, die er sich als Geschäftsführer einer Firma aufgebaut hat, mit viel Verantwortung, eingebunden im Vereinsleben, mit großem Freundeskreis, Frau und zwei erwachsenen Kindern. Eine Welt, in der es um die Firma, um Erfolg und Geld geht. Ein Leben auf der Überholspur.

2019 kommt Ralf Müller ins Gefängnis. Für dreieinhalb Jahre. Er hat Steuern hinterzogen. Wenn er das am Telefon erzählt, dann merkt man, dass er sich bereits viele Gedanken dazu gemacht hat. Ohne Umschweife sagt er: „Ich habe mich strafbar gemacht. Ich habe einen Fehler begangen." So offen darüber zu sprechen, das fiel ihm zunächst schwer. Erst die Gespräche mit den Gefängnisseelsorgern hätten ihm dabei geholfen, die Situation anzuerkennen. „Ganz am Anfang hatte ich noch häufig Kontakt mit meinen Kollegen in der Firma, ich habe versucht, Dinge aus dem Gefängnis heraus zu regeln, es war zum Beispiel noch ein Projekt offen. Aber man kämpft gegen Windmühlen. Ich habe irgendwann eingesehen, dass ich die Situation akzeptieren muss." Er habe sich dann eingeredet, auf einer Art Burnout-Reha zu sein. Es habe ihm gut getan, runterzukommen, dieses geregelte Leben, schlafen, essen, arbeiten, in der Freizeit Karten spielen.

Während er früher täglich neue Aufgaben zu bewältigen hatte, sind die Tage in Haft alle ähnlich. Müller steht um 6 Uhr auf. Als sogenannter Hausarbeiter hilft er bei der Essensausgabe und beim Saubermachen. Seine Einzelzelle misst neun Quad-

> Ich habe mich strafbar gemacht.
> Ich habe einen Fehler begangen.
>
> Ralf Müller, Insasse

ratmeter, ein abgetrennter Sanitärbereich, ein Schreibtisch, ein Bett, Schränke mit Kleidung, Bücher und Lebensmittel. Auch Fotos von der Familie und selbst gebastelte Karten hat er aufgestellt. Die Familie besucht ihn regelmäßig einmal im Monat. „Ich vermisse mein Zuhause, die Nähe zu Frau und den Kindern. Man ist bei den schönen Erlebnissen wie Feiern oder Jubiläen nicht da, und auch bei den Problemen kann man keine Unterstützung geben." Immer wieder an Grenzen zu stoßen, sei eine der Herausforderungen: „Man kann nicht mal schnell was erledigen, nicht mal schnell kommunizieren. Das stört mich mittlerweile mehr, als dass die Tür zu ist. Das Eingesperrtsein empfindet jeder anders, in den ersten Tagen habe ich regelrecht darauf gewartet, aus der Zelle zu kommen, aber der Mensch ist ein Gewohnheitstier", sagt er. Eines bedeute Haft aber in jedem Fall: „Man verliert Lebenszeit."

Die JVA Hünfeld ist keine Haftanstalt für Schwerverbrecher.

Man kann nicht mal schnell was erledigen, nicht mal schnell kommunizieren. Das stört mich mittlerweile mehr, als dass die Tür zu ist.

Ralf Müller,
Insasse

In dieser Röhre, die auch heute noch da ist, wird Gabriele gefunden.

Es geschah am hellichten Tag

MORD

Mord an einem Kind: Gabriele Schmidt wird 1983 missbraucht und erschlagen.

Sie will nur kurz raus zum Spielen. Dort begegnet die Fünfjährige ihrem Mörder. Der Täter wird nie gefasst.

Familie Schmidt ist das passiert, was für Eltern der größte Albtraum ist: Ihre fünfjährige Tochter Gabriele wird sexuell missbraucht und brutal ermordet. Dieses Verbrechen hat sich auch den Ermittlern tief ins Gedächtnis gebrannt. Bis heute konnte kein Täter gefasst werden.

Es geschah am helllichten Tag: Wie in dem Spielfilm mit Heinz Rühmann passiert auch der Mord an Gabriele Schmidt bei strahlendem Sonnenschein, mitten am Nachmittag. Es ist der 3. Juni 1983, ein warmer Sommertag, ein Freitag. Das Wochenende steht vor der Tür. Die ganze Nachbarschaft in der Magdeburger Straße in Fulda ist auf den Beinen, als die Fünfjährige gegen 17 Uhr noch einmal vor die Tür geht, um Dreirad zu fahren.

Sie trägt eine gestreifte kurze Hose, eine weiße Bluse, Clogs und rote Kniestrümpfe. Sie ist ein niedliches Mädchen, freundlich, verträumt, etwas schüchtern. Ihre Puppe und eine kleine Handtasche nimmt sie mit zum Spielen. Später würde es Abendbrot geben, danach ist Schlafenszeit. Ein Tag wie jeder andere. Doch die Idylle trügt. Und das Mädchen verkennt offenbar die Gefahr, als ihr Mörder auf sie zu kommt. Denn der Mann ist wahrscheinlich jemand, den sie kannte, das nimmt zumindest Bernd Klippstein an, der in dem Fall ermittelt hat. „Ich glaube, der Täter wohnte in dem engeren Bereich. Er wollte das Kind verstecken

Chronik des Falls

3. Juni 1983, 17 Uhr

Gabriele geht zum Spielen

Die fünfjährige Gabriele geht noch einmal vor die Tür, um Dreirad zu fahren. Zwischen 18.15 und 18.35 Uhr begegnet Gabriele ihrem Mörder.

3. Juni 1983, 19 Uhr

Das Kind ist verschwunden

Gabriele kommt nicht zum Abendessen. Die Mutter sucht das Kind und verständigt die Polizei. Sofort wird eine Suchaktion eingeleitet.

Kurz bevor das Kind entdeckt wird, werden diese Sachen gefunden. Es sind Spielsachen von Gabriele.

und wählte dafür einen Platz, den er kannte." Dieser Platz befindet sich ganz in der Nähe des Wohnhauses der Eltern. Doch bis das Kind gefunden wird und die Eltern traurige Gewissheit haben, vergehen lange Stunden.

Gegen 19 Uhr bemerkt die Mutter, dass Gabriele nicht mehr am Hof ist und verständigt die Polizei. Klippstein hat an diesem Tag Nachtdienst. „Ein Kollege und ich sind dann sofort dorthin gefahren. Wir haben die Wohnung, das Haus und die zum Haus gehörenden Örtlichkeiten gründlich durchsucht. Mein Kollege hat Befragungen im Haus gemacht. Es war ein wunderschöner Sommerabend, viele Leute waren draußen im Garten", erinnert sich Klippstein. Doch gesehen hat niemand etwas Verdächtiges. Es wird mit Hunden gesucht im nahe gelegenen Lager einer Malerfirma, am Bahndamm und am großflächigen Grundstück hinter dem Haus. Dort machen die Beamten schließlich einen erschreckenden Fund: Kleidung, die Puppe und die Handtasche des Kindes. Auch ein 20-DM-Schein ist bei den Sachen, der nicht dem Kind gehört haben kann. „Von da an war klar, hier geht es um alles. Wir sind sofort von einem Kapitaldelikt ausgegangen. Alle Maßnahmen wurden hochgefahren", sagt Klippstein.

Polizei, Bundesgrenzschutz, Feuerwehr - jeder sucht nun nach dem Kind. Doch es dauert bis tief in die Nacht, bis ein Feuerwehrmann die schreckliche Entdeckung in einem Rohr am Galgengraben macht. „Es war gegen 2 Uhr nachts, die Feuerwehr leuchtete mit einem Strahler in einen viel zu kleinen Rohrdurchlauf, in dem noch etwas Wasser stand. Dabei fiel auf, dass dort etwas sehr weit drinnen liegt", erinnert sich Klippstein. Sein Kollege sei dann mit Überwindung in das enge Rohr hineingekrochen.

Nachdem das Kind geborgen ist, wird das ganze Ausmaß der Brutalität sichtbar. „Die Verletzungen waren am ganzen Körper. Man mochte sich nicht vorstellen, was passiert war. Die Verletzungsbilder sprachen für Festhalten und Gewalt und vor allem für ein Sexualdelikt. Was ich da gesehen habe, habe ich nie vergessen", sagt der Polizeibeamte. Er sei dann morgens gegen 10 Uhr nach Hause. „Geschlafen habe ich aber nicht. Ich bin dann wieder zur Dienststelle gefahren, um zu fragen, ob ich helfen kann."

3. Juni 1983, 21.30 Uhr

Ein schrecklicher Fund

Im Garten hinter dem Haus werden Kleidung, die Brille des Mädchens, ihre Puppe und ihre Handtasche gefunden. Auch ein 20-DM-Schein taucht bei den Sachen auf.

4. Juni 1983, 2 Uhr

Gabriele wird entdeckt

Ein Feuerwehrmann findet die Leiche des Kindes 30 Meter tief in einem Rohrdurchlauf im Galgengraben.

4. Juni 1983, 3 Uhr

Schwere Verletzungen

Die Verletzungen werden in Augenschein genommen. Das Kind wurde brutal ermordet.

9. Juni 1983

Die Beerdigung

Gabriele Schmidt wird auf dem Friedhof Frauenberg beerdigt. Unbekannte haben ein Stück einer Doppelschleife auf dem Blumengebinde abgeschnitten, das auf dem Grab liegt.

10. Juni 1983

Die Ermittlungen

Die Polizei befragt Autofahrer in der Nähe des Tatorts.

2008

Keine neuen Erkenntnisse

Die Polizei rollt den Fall noch einmal auf. Doch es gibt keine neuen Erkenntnisse. Der Vater des Mädchens ist bereits verstorben, nachdem er mehr als 30 Jahre in einer geschlossenen Anstalt lebte. Die Mutter lebt zu dem Zeitpunkt in Hamburg. Auch sie ist inzwischen verstorben .

Von da an war klar, hier geht es um alles. Wir sind sofort von einem Kapitaldelikt ausgegangen. Alle Maßnahmen wurden hochgefahren.

Bernd Klippstein, früherer Ermittler

Ermittelt wird in alle Richtungen. Ein damals 19-Jähriger wird vernommen, der das Kind ein halbes Jahr zuvor angesprochen haben soll. Bei einer Großaktion halten die Polizisten Autofahrer in der Magdeburger Straße an und fragen, ob sie etwas Auffälliges gesehen haben.

Auch die Eltern werden getrennt voneinander befragt: „Für mich waren sie eigentlich zu keinem Zeitpunkt verdächtig. Ich hatte die Mutter ja schon ganz am Anfang, als das Kind noch als vermisst galt, befragt. Der Vater war zu dem Zeitpunkt in seinem mehrere hundert Meter entfernten Schrebergarten und war von der Mutter dort erreicht und verständigt worden. Es gab auch Zeugen, die das bestätigen konnten", sagt Klippstein.

Für ihn habe es von Anfang an eine große Frage gegeben: Wo war der Tatort? „Die Stelle, an der die Kleidung lag, wirkte nicht wie ein Tatort, eher wie eine Anlegestelle. Es gab keine Zeugen, die Gabriele durch den Innenhof hatten laufen sehen, obwohl in dem Innenhof an diesem Abend mehrere Personen waren." Klippstein geht daher davon aus, dass der Tatort in einer Wohnung in der Nachbarschaft gewesen sein könnte. „Da bin ich mir genauso sicher wie dabei, dass das Kind nicht auf der Straße angegriffen und entführt wurde. Es wäre für mich eher denkbar, dass es in dem Mehrfamilienhaus, auf dem Weg zur elterlichen Wohnung, abgefangen wurde."

Dass die Fünfjährige den Täter nicht kannte, hält er für unwahrscheinlich. „Ein Fremder hätte das Kind in einem begehbaren Rohrverlauf in der Nähe ablegen oder einfach flüchten können." Wer das Grundstück nicht kennt, der wisse auch nichts von dem Rohr, das zu dem Zeitpunkt stark bewachsen war. Warum der Täter das Kind so aufwendig versteckt, die Puppe und die Handtasche aber offensichtlich hat liegengelassen, kann sich Klippstein nicht erklären: „Vielleicht wurde er durch irgendetwas gestört."

Dennoch entkommt er ungesehen. Trotz seiner nassen und schmutzigen Kleidung, die er angehabt haben musste, nachdem er Gabriele in dem Rohr abgelegt hatte.

2008 greift die Polizei den Fall noch einmal auf. Polizeiführer vom Dienst Hubertus Kümpel ist einer der Ermittler. „Neue Hin-

Nur durch Zufall wird das Kind in dieser Röhre entdeckt. Der Täter muss nass und verdreckt gewesen sein, nachdem er hinaus kroch.

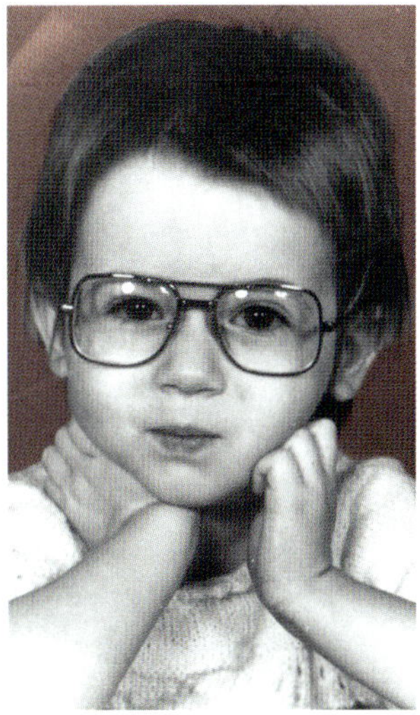

weise gab es keine. Aber es wurden alle Fälle, die noch nicht verjährt waren, im Hinblick auf DNA-Spuren ausgewertet."

Einige Spuren an der Kleidung des Mädchens können im Jahr 1983 gesichert werden. Das Potenzial der DNA-Analyse, Straftaten aufzuklären, wird jedoch erst vier Jahre später, 1987, deutlich, als in England erstmals ein Mörder mittels genetischem Fingerabdruck überführt werden kann.

„Bei der Tatortarbeit wurde auf die Spurensicherung im Hinblick auf DNA noch nicht ausreichend geachtet", erklärt Kümpel. Es sei jedoch molekulargenetisches Material, das nicht von den Eltern stamme, gesichert worden. Trotzdem schätzt Kümpel die Chance, den Täter mit Hilfe dieser Spuren zu überführen, als gering ein: „Der Bundesgerichtshof hat entschieden, dass molekulargenetische Spuren in einer gewissen Übertragungsqualität und Intensität vorhanden sein müssen, um als Tatnachweis geeignet zu sein." Das, was selektiert werden konnte, sei womöglich zu wenig. Die Zeit laufe gegen einen Ermittlungserfolg.

Gabriele ist das einzige Kind der Familie Schmidt. Den Verlust verkraften die Eltern nie. Einige Wochen nach dem Verbrechen geht der Vater in eine geschlossene Anstalt, wo er mehr als 30 Jahre lebt und 2008 verstirbt. Auch die Mutter, die zuletzt in Hamburg wohnte, ist inzwischen tot. An der Wand ihrer Wohnung hing das Bild ihrer Tochter.

,

Ein Fremder hätte das Kind in einem begehbaren Rohrverlauf in der Nähe ablegen oder einfach flüchten können.

Bernd Klippstein, früherer Ermittler

> Die Ermittlungsarbeit war damals völlig anders: Das Alibi eines Hausbewohners wurde zum Beispiel dadurch überprüft, ob er den Inhalt einer Serie, die zur Tatzeit lief, detailliert schildern kann. Das zeigte, dass die Person tatsächlich vor dem TV saß. Heute ist alles im Internet jederzeit abrufbar. Heute wäre das völlig undenkbar.
>
> Hubertus Kümpel, Ermittler

Ein junger Mann verhält sich verdächtig

3 Fragen an:

Die Ermittler Bernd Klippstein und Hubertus Kümpel

Der Fall gehört zu den wenigen ungeklärten Mordfällen, die sich in der Region zugetragen haben. Herr Klippstein, Sie waren einer der Ersten vor Ort. Herr Kümpel, Sie haben den Mord noch einmal 2008 untersucht. Was bedeutet der Fall für Sie persönlich?

Klippstein: Die Bilder von dem Kind, wie es da so in der Röhre lag sowie die Verletzungen, die wir noch in der Nacht bei der Leichenschau festgestellt haben, vergisst man nicht. An der Fundstelle im Bereich der Röhre war ich in den folgenden Jahren unzählige Male. Wir haben dort auch observiert. Ich habe aber nie einen fremden Menschen angetroffen, auch nicht den erhofften Täter, der zum Tatort zurückkommt.

Kümpel: Dienstlich war es ein sehr außergewöhnlicher Fall, dem über Jahre sehr viel Aufmerksamkeit geschenkt wurde. Wenn zum Beispiel ähnliche Fälle in Deutschland bekannt wurden, erfolgten konkrete Ermittlungen, um möglicherweise weitere Ermittlungsansätze zu finden. Eine besondere Schwierigkeit lag auch darin, mit den Eltern umzugehen. Einerseits mussten sie überprüft werden, andererseits waren sie natürlich von dem Geschehen traumatisiert.

Der Täter war womöglich kein Fremder. Gab es jemanden, den Sie für verdächtig hielten?

Klippstein: Es gab einen jungen Mann, den ich damals für verdächtig hielt. Bei dieser Person gab es in den ersten Vernehmungen zum Aufenthalt und zum Alibi widersprüchliche Angaben. Den damals jungen Mann gibt es noch, ich sehe ihn hin und wie-